피노키오
PINOCCHIO

피노키오

THE STORY BOOK

카를로 콜로디 지음
김양미 옮김 | 천은실 일러스트

CONTENTS

01.

목수인 버찌 할아버지는 어쩌다 어린아이처럼
웃기도 하고 울기도 하는 나무토막을 발견했을까?

옛날 옛날에……．

그러면 여러분은 입을 모아 소리치겠죠.

"왕이 살았습니다!"

하지만 아니에요. 여러분이 틀렸어요.

옛날 옛날에 나무토막 하나가 있었답니다.

그렇다고 최고급 나무는 아니고, 겨울에 방을 데우려고 난로
에 불을 붙일 때 쓰던 평범한 나무토막이었습니다.

어떻게 오게 됐는지는 몰라도, 어느 화창한 날 목수인 안토니오 할아버지의 가게 안에 이 나무토막이 있었습니다. 안토니오 할아버지의 코는 항상 잘 익은 버찌같이 빨갛고 반질반질해서 모두들 '버찌 할아버지'라고 불렀습니다.

버찌 할아버지는 이 나무토막을 발견하자마자 무척 기뻤습니다. 할아버지가 두 손을 비비며 말했습니다.

"마침 잘됐구먼. 작은 탁자용 다리가 필요했는데 말이야."

그러고는 한 치의 망설임도 없이 나무껍질을 다듬으려고 날카로운 도끼를 집어 들었습니다. 하지만 도끼를 내리치려는 순간 할아버지의 팔은 공중에서 그대로 멈추고 말았습니다. 어디선가 아주 조그맣게 애원하는 소리가 들려왔습니다.

"제발 너무 세게 치지는 마세요!"

버찌 할아버지가 얼마나 놀랐을지 상상이 되겠지요.

할아버지는 그 작은 목소리가 어디서 나는지 보려고 방을 두리번거렸습니다. 하지만 아무도 보이지 않았습니다. 작업대 아래를 살펴봤지만 아무도 없었습니다. 항상 닫아 두는 찬장도 열어 봤지만 아무도 없었습니다. 대팻밥과 톱밥을 모아 두는 바구니 속도 마찬가지였습니다. 할아버지는 가게 문을 열고 거리를 내다보았습니다. 역시 아무도 없었습니다. 도대체 어떻게 된 일일까요?

이윽고 할아버지가 헛웃음을 지으며 가발을 긁적였습니다.

"아무렴, 내가 잘못 들은 게지. 계속 일이나 하자고!"

버찌 할아버지는 다시 도끼를 들어 나무토막을 내리쳤습니다.

"아야, 아프잖아요!"

그 작은 목소리가 투덜댔습니다.

할아버지는 아까보다 더 놀라지 않을 수 없었습니다. 가면이라도 쓴 듯이 눈은 퉁방울처럼 불거지고 쩍 벌어진 입에서는 혀가 턱까지 늘어졌습니다.

겨우 말문이 트인 할아버지가 겁에 질려 떨리는 소리로 더듬거렸습니다.

"어디서 '아야!' 하는 목소리가 들린 거지? 여긴 아무도 없는데 말이야. 이 나무토막이 어린아이처럼 소리치고 투덜대는 걸 배우기라도 했나? 그럴 리가 없어. 이건 그저 나무토막인걸. 봐! 다른 장작들처럼, 물을 끓이려고 난로에 집어넣는 보통 땔나무일 뿐이라고. 그렇다면 나무 안에 누가 숨어 있기라도 한 걸까? 그러면야 독 안에 든 쥐지. 내가 톡톡히 맛을 보여 주마!"

할아버지는 두 손으로 불쌍한 나무토막을 집어 들고 벽에다 인정사정없이 후려치기 시작했습니다.

잠시 후 할아버지가 동작을 멈추고는 또다시 불평하는 소리가 들리는지 귀를 기울였습니다. 이 분을 기다렸지만 아무 소리도 나지 않았습니다. 오 분이 지나도 잠잠했습니다. 십 분이 흘러도 여전히 조용했습니다!

할아버지가 웃는 얼굴로 가발을 바로잡으며 소리쳤습니다.

"그럼 그렇지! '아야!' 하던 소리는 내가 잘못 들은 게 틀림없어. 다시 일이나 해야겠군."

하지만 할아버지는 여전히 잔뜩 겁에 질려 있었기에 용기를 내려고 노래를 부르기 시작했습니다.

이번에는 도끼는 내려놓고 대패로 나무토막을 다듬기로 했습니다. 하지만 대패로 몇 번 쓱싹쓱싹 밀자 또다시 그 작은 목소리가 깔깔대며 말했습니다.

"그만하세요! 너무 간지럽잖아요!"

불쌍한 버찌 할아버지는 벼락이라도 맞은 사람처럼 그 자리에 풀썩 쓰러지고 말았습니다. 눈을 떠보니 마룻바닥에 우두커니 앉아 있었습니다. 사람들이 거의 몰라볼 정도로 모습도 달라졌습니다. 늘 빨갛던 코끝마저 겁에 질린 나머지 파랗게 변해 있었습니다.

02.

버찌 할아버지한테서
나무토막을 받은 제페토 할아버지는
춤도 추고, 칼싸움도 하고, 재주도 넘는 멋진 꼭두각시를
만들려고 한다

그때 누가 문을 두드렸습니다. 버찌 할아버지는 일어설 힘도
없어 앉은 채로 겨우 이렇게 말했습니다.

"들어오시오!"

자그마한 몸집에 인상 좋은 노인이 가게로 들어섰습니다. 노
인의 이름은 제페토였지만, 동네 개구쟁이들은 '옥수수 죽'이
라고 부르며 놀려 대곤 했습니다. 노인이 쓴 노란 가발이 꼭 옥
수수 죽 같았기 때문입니다.

제페토 할아버지는 성미가 아주 급한 사람이었습니다. 그래서 옥수수 죽이라고 불렀다가는 당장에 불벼락이 떨어졌습니다. 제페토 할아버지가 미친 듯이 화가 났을 때는 아무도 말리지 못했습니다.

제페토 할아버지가 말했습니다.

"안녕하시오, 안토니오 영감! 그런데 바닥에 앉아서 뭘 하고 있는 겐가?"

"개미들한테 글자를 가르치고 있다네."

"잘 해보시게!"

"여긴 어떻게 왔는가, 제페토?"

"두 발로 걸어왔지. 안토니오, 실은 자네한테 부탁할 게 있다네."

버찌 할아버지가 무릎을 일으키며 대꾸했습니다.

"어디 말해 보게."

"오늘 아침에 멋진 생각이 떠올랐지 뭔가."

"한번 들어 보세."

"나무로 멋진 꼭두각시를 하나 만들어 볼까 하네. 춤도 추고, 칼싸움도 하고, 재주도 넘을 줄 아는 진짜 근사한 놈으로 말일세. 그 꼭두각시를 데리고 세상을 두루두루 돌아다니면 밥값 걱정은 하지 않아도 될 게야. 내 생각이 어떤가?"

"멋진데요, 옥수수 죽!"

아까 들었던 그 작고 이상한 목소리가 외쳤습니다.

하지만 옥수수 죽이라는 소리를 듣는 순간, 제페토 할아버지는 화가 솟구쳐 올라 얼굴이 잘 익은 고추처럼 벌겋게 변했습니다. 그러더니 버찌 할아버지 쪽으로 몸을 돌리며 벌컥 화를 냈습니다.

"왜 사람 신경을 건드리고 그래?"

"누가 신경을 건드렸다는 겐가?"

"방금 나더러 옥수수 죽이라고 그랬잖아!"

"난 안 그랬어."

"흥! 그럼 내가 그랬나 보군! 하지만 그건 분명 자네 소리였어."

"아냐!"

"맞아!"

"아니라니까!"

"맞다니까!"

그렇게 점점 흥분하던 두 사람의 말싸움은 급기야 몸싸움으로 번졌습니다. 두 사람은 상대방의 가발을 잡고는 치고받고, 서로 할퀴어 댔습니다.

싸움이 끝나자 버찌 할아버지의 손에는 제페토 할아버지의 노란 가발이 들려 있었고, 제페토 할아버지의 입에는 버찌 할아버지의 샛빛 가발이 물려 있었습니다.

버찌 할아버지가 말했습니다.

"내 가발 내놓게!"

"자네도 내 가발 주게. 그리고 이만 화해함세!"

그리하여 두 노인은 상대방의 가발을 건네주며 악수를 나눴고, 영원히 좋은 친구로 지내자고 약속을 했습니다.

버찌 할아버지가 다시 친구가 된 걸 보여 주기라도 하듯 이렇게 물었습니다.

"자, 제페토, 내가 뭘 도와주면 되겠나?"

"인형을 만들 작은 나무토막이 있었으면 하는데, 얻을 수 있을까?"

그러자 버찌 할아버지는 아주 만족스러운 얼굴로 얼른 작업대로 가서는 자신을 잔뜩 겁에 질리게 만든 그 나무토막을 집어 들었습니다. 하지만 친구에게 건네주려는 순간, 나무토막이 갑자기 심하게 흔들리더니 버찌 할아버지의 손에서 빠져나가 딱하게도 제페토 할아버지의 정강이를 냅다 후려치고 말았습니다.

"아이쿠! 자네는 선물도 참 멋지게 주는구먼, 안토니오! 하마터면 절름발이가 될 뻔했잖아."

"맹세코 내가 그런 게 아니야!"

"오호, 그러면 또 내가 그랬단 말이군!"

18

"전부 이 나무토막 탓이야."

"그래, 그 나무에 맞은 건 나도 알아. 하지만 그걸 내 다리에 던진 건 자네잖아!"

"난 던지지 않았다니까!"

"거짓말!"

"제페토, 그만 빈정거려! 자꾸 그러면 나도 옥수수 죽이라고 부를 거야!"

"바보!"

"옥수수 죽!"

"멍청이!"

"옥수수 죽!"

"얼간이!"

"옥수수 죽!"

세 번씩이나 옥수수 죽이란 소리를 들은 제페토 할아버지는 그만 이성을 잃고 버찌 할아버지에게 달려들고 말았습니다. 이번 싸움은 처음보다 훨씬 격렬했습니다.

싸움이 끝나자 버찌 할아버지의 코에는 할퀸 자국이 두 개 더 생겼고, 제페토 할아버지의 외투에는 단추 두 개가 떨어지고 없었습니다. 이렇게 싸움은 무승부로 끝이 나고, 두 사람은 다시 악수를 나누며 영원한 우정을 맹세했습니다. 그러고 나서

제페토 할아버지는 버찌 할아버지에게 고맙다는 인사를 하고,
나무토막을 집어 들고는 절뚝거리며 집으로 돌아갔습니다.

03.

제페토 할아버지는 인형을 만들고
피노키오라는 이름을 지어 주지만
인형은 말썽을 일으킨다

제페토 할아버지는 계단 아래로 난 창으로 햇살이 비춰 드
는, 일 층 작은 방에 살고 있었습니다. 가구는 더할 수 없이 소
박했습니다. 낡은 의자와 삐걱거리는 침대, 망가진 탁자가 전
부였습니다. 방 안쪽으로 불이 활활 타오르는 난로가 보이긴
했지만, 사실 그것은 그림이었습니다. 불 위에는 꼭 진짜처럼
김을 몽글몽글 내뿜으며 기분 좋게 음식이 끓고 있는 냄비가
그려져 있었습니다.

집에 들어서자마자 제페토 할아버지는 연장을 꺼내서 인형을 만들기 시작했습니다.

제페토 할아버지가 중얼거렸습니다.

"이름을 뭐라고 짓지? 그래, 피노키오라고 부르는 게 좋겠어. 행운을 가져다줄 이름이야. 언젠가 피노키오 가족을 만난 적이 있었지. 아버지 이름은 피노키오, 어머니는 피노키아, 아이들 이름은 모두 피노키오였어. 아주 단란한 가족이었지. 제일 형편이 나은 사람이 거지이긴 했지만 말이야."

이름을 짓고 난 제페토 할아버지는 마음을 다잡고 일을 하기 시작했습니다. 얼마 지나지 않아 머리와 이마와 눈이 완성됐습니다.

그런데 눈을 만들자마자 놀랍게도 눈동자가 이리저리 움직이며 할아버지를 쳐다보는 것이 아니겠습니까!

제페토 할아버지는 나무로 만든 눈이 자신을 바라보는 게 싫었습니다. 그래서 화를 내며 말했습니다.

"버릇이 없구나. 왜 그렇게 날 빤히 보는 게냐?"

하지만 대답은 없었습니다.

할아버지는 눈 다음으로 코를 만들었습니다. 하지만 완성되기가 무섭게 코가 쑥쑥 자라기 시작했습니다. 자라고, 자라고 또 자라더니 몇 분도 되지 않아 끝이 어딘지 모를 정도로 길어졌습니다.

당황한 제페토 할아버지가 허겁지겁 잘라 냈지만, 깎아 내면 깎아 낼수록 그 건방진 코는 더욱 자라나기만 했습니다.

코 다음으로는 입을 만들었습니다. 하지만 채 완성되기도 전에 입은 할아버지를 비웃기라도 하듯 킬킬대기 시작했습니다.

"웃지 마!"

제페토 할아버지가 말했습니다. 하지만 차라리 벽에다 말하는 편이 나았을 것입니다.

"웃지 말라고 했지!"

할아버지가 위협하듯 소리를 버럭 질렀습니다. 그제야 웃음을 멈추더니 혀를 쏙 내밀었습니다.

하지만 제페토 할아버지는 일을 망치고 싶지 않았기에 못 본 척 일을 계속했습니다.

입 다음에는 턱을, 그 다음엔 목, 어깨, 몸통, 팔, 손을 만들었습니다.

손이 만들어지기가 무섭게 무언가 제페토 할아버지의 가발을 낚아채 갔습니다. 고개를 들자, 인형의 손에 할아버지의 노란 가발이 들려 있었습니다.

"피노키오, 그 가발 당장 이리 내!"

하지만 피노키오는 가발을 돌려주기는커녕 제 머리에 푹 눌러써 버렸습니다. 그러자 피노키오의 얼굴은 가발에 가려 거의 보이지도 않았습니다.

피노키오의 건방지고 버릇없는 행동에 제페토 할아버지는 그 어느 때보다 마음이 상했습니다. 할아버지가 피노키오 쪽으로 몸을 돌리며 말했습니다.

"요런 말썽꾸러기를 봤나! 아직 다 만들지도 않았는데 벌써 아빠 말을 안 듣다니! 그러면 못써, 얘야! 그건 아주 못된 짓이라고!"

그러면서 제페토 할아버지는 눈물 한 방울을 닦았습니다.

완성하려면 다리와 발을 마저 만들어야 했습니다.

할아버지가 발을 만들자마자 인형이 할아버지의 코에다 발길질을 했습니다.

할아버지가 중얼거렸습니다.

"다 내 잘못이야. 만들기 전에 미리 생각을 했어야 했는데. 이젠 돌이킬 수도 없지."

제페토 할아버지는 걸을 수 있나 보려고 두 손으로 인형을 안아 바닥에 내려놓았습니다. 하지만 다리가 너무 빡빡해서 피노키오는 어떻게 걸어야 할지를 몰랐습니다. 그래서 제페토 할아버지가 피노키오의 손을 잡고 한 발 한 발 내딛는 법을 가르쳐 주었습니다.

이윽고 다리가 부드러워지자 피노키오는 혼자 걷기 시작했고, 이내 방 안 곳곳을 뛰어다녔습니다. 그러다 결국 문을 빠져나가 거리로 달아나 버렸습니다.

불쌍한 제페토 할아버지가 있는 힘을 다해 피노키오를 쫓았지만, 토끼처럼 껑충껑충 달아나는 장난꾸러기를 따라잡을 수는 없었습니다. 나무 발이 포장도로를 달가닥거리며 달려가자, 열두 명의 사람이 나막신을 신고 달리는 만큼이나 시끄러운 소리가 났습니다.

"저 놈 잡아라! 저 놈 잡아라!"

제페토 할아버지가 외쳤습니다. 하지만 사람들은 경주마처럼 빠르게 달려가는 나무 인형을 놀란 눈으로 쳐다보며 웃음을 터뜨렸고, 배꼽이 빠져라 웃어 대기만 했습니다.

마침내 천만다행히도 경찰관이 한 명 나타났습니다. 경찰관은 달가닥대는 소리가 요란하게 들리자 누구네 말이 도망을 친 모양이라고 생각했습니다. 그래서 소란을 잠재우려고 용감하게 길 가운데 다리를 떡 벌리고 섰습니다.

길을 막고 선 경찰관을 멀리서 발견한 피노키오는 경찰관의 다리 사이로 빠져나가야겠다고 생각했습니다. 하지만 계획은 실패로 돌아갔습니다.

경찰관은 그 자리에서 한 발짝도 움직이지 않은 채 피노키오의 코를 잡고 들어 올렸습니다. 피노키오의 길고 우스꽝스러운 코는 경찰관이 잡으라고 일부러 만들어 놓은 것 같았습니다. 경찰관이 제페토 할아버지에게 피노키오를 건네자, 할아버지는 말썽을 피운 벌로 피노키오의 귀를 잡아당기려고 했습니다.

그런데 어디에도 귀가 보이지 않자 할아버지는 깜짝 놀랐습니다. 도대체 어떻게 된 일일까요? 제페토 할아버지가 너무 서두른 나머지 그만 귀 만드는 걸 잊어버렸던 것입니다.

그래서 할아버지는 피노키오의 목덜미를 움켜잡고 무섭게 흔들며 말했습니다.

"당장 집에 가자. 이디 집에 가서 한번 두고 보자꾸나."

그러자 겁에 질린 피노키오가 바닥에 드러눕더니 안 가겠다고 고집을 부렸습니다.

할 일 없고 호기심 많은 사람들이 피노키오 주위로 몰려들었습니다. 다들 이러쿵저러쿵 한마디씩 해댔습니다.

누군가 말했습니다.

"불쌍한 인형이 집에 가기 싫어하는 것도 당연하지! 못된 제페토 영감이 호되게 매질을 할지 누가 알아?"

그러자 다른 사람들도 한마디씩 거들었습니다.

"제페토 영감이 사람은 좋아 보여도 아이들한텐 완전 폭군이라니까. 불쌍한 나무 인형을 저 영감 손에 맡겼다가는 산산조각을 내고 말 거야."

어찌나 말들이 많던지, 결국 경찰관은 피노키오를 놓아주고 가여운 제페토 할아버지를 감옥에 가두기로 했습니다.

할아버지는 변명 한마디 못하고 감옥으로 끌려가며 바보처럼 울먹거렸습니다.

"몹쓸 놈! 내가 멋진 인형을 만들려고 얼마나 애를 썼는데! 하지만 누굴 탓하겠어. 이렇게 될 줄 미리 알아차리지 못한 내 잘못이지!"

그리고 그 후로도 믿기 힘든 일들이 계속 일어났습니다. 그러면 다음 장에서부터 확인해 보시기 바랍니다.

04.

피노키오와 말하는 귀뚜라미 이야기를 통해
우리는 말썽쟁이 아이들이 저희보다 현명한 이들이
하는 말을 얼마나 듣기 싫어하는지 알게 된다

아무 잘못도 없는 불쌍한 제페토 할아버지가 감옥으로 끌려
가고 나자, 혼자 남은 피노키오는 쏜살같이 들판을 가로질러
집으로 달려갔습니다. 사냥꾼에게 쫓기는 새끼 염소나 산토끼
처럼, 높은 둑과 가시 울타리와 물웅덩이를 거침없이 뛰어넘으
며 허겁지겁 달렸습니다.

집에 도착하니 문이 빠끔히 열려 있었습니다. 피노키오는 문
을 밀치고 안으로 들어가 단단히 잠갔습니다. 그러고는 바닥

에 털썩 주저앉아 "후유!"하고 안도의 한숨을 깊이 내쉬었습니다.

하지만 마음을 놓은 것도 잠시, 방 안 어디선가 "귀뚜르르!" 하는 소리가 들려왔습니다.

피노키오가 겁에 질린 소리로 물었습니다.

"누가 날 부르는 거지?"

"나야."

피노키오가 고개를 돌려 보니 커다란 귀뚜라미 한 마리가 벽을 타고 올라가는 것이 보였습니다.

"넌 누구니?"

"난 말하는 귀뚜라미야. 이 방에서 산 지 백 년도 넘었지."

"하지만 이젠 내 방이야. 그러니까 뒤도 돌아보지 말고 당장 여기서 나가 줘야겠어."

"너한테 중요한 진실을 말해 주기 전에는 떠나지 않을 거야."

"그래, 그렇다면 얼른 말하고 꺼져!"

"부모님 말씀을 안 듣고 집을 나가면 큰일 나. 그런 아이들은 절대 잘되는 일이 없어. 얼마 못 가서 가슴을 치며 후회하게 된다고."

"마음대로 지껄여 보시지, 귀뚜라미 선생! 어차피 난 내일 날이 밝자마자 여길 떠날 테니까. 여기 있으면 다른 아이들저럼 똑같은 생활밖에 더 하겠어? 학교에 다니고, 좋든 싫든 공부도 해야 할 거야. 난 공부는 죽어도 싫어. 공부보다는 나비를 잡으러 뛰어다니고, 나무 위에 올라가 새집을 뒤지는 게 훨씬 재미있어."

"이 바보야, 그런 식으로 살다간 얼간이가 된다는 걸 모르니? 사람들의 놀림감이 되고 만다고!"

"시끄러워, 지긋지긋한 잔소리꾼아!"

피노키오가 소리쳤습니다.

하지만 참을성 있고, 생각이 깊은 귀뚜라미는 그런 모욕적인 말에도 화를 내지 않고 침착하게 말을 계속했습니다.

"학교에 가기 싫으면 일이라도 배우지 그러니? 그러면 적어도 정직하게 밥벌이는 할 수 있잖니?"

피노키오는 슬슬 짜증이 나기 시작했습니다.

"솔직하게 말해 줄까? 내가 세상에서 제일 좋아하는 일은 딱 한 가지뿐이야."

"그게 뭔데?"

"먹고, 마시고, 자고, 놀고, 아침부터 밤까지 마음대로 돌아다니는 거."

그러자 귀뚜라미가 차분하게 다그쳤습니다.

"그렇게 살다간 결국 병원 아니면 감옥신세만 진다니까."

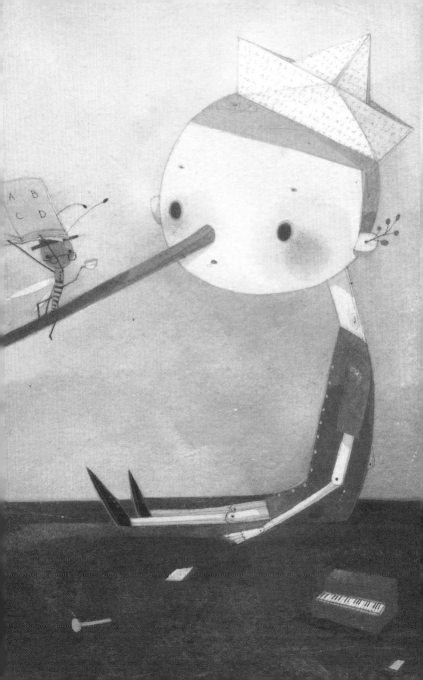

"말조심해, 재수 없는 귀뚜라미야! 자꾸 열 받게 하면 크게 후회하게 될 줄 알아!"

"불쌍한 피노키오! 정말 안됐구나!"

"뭐가 안됐다는 거야?"

"넌 꼭두각시인데다 머리까지 나무로 만들어졌잖아."

결국 마지막 말에 화가 치솟은 피노키오가 작업대 위에 있던 망치를 집어 들고는 귀뚜라미를 향해 던졌습니다.

피노키오도 진짜로 귀뚜라미를 맞출 생각은 없었지만, 불행하게도 망치는 귀뚜라미의 머리에 정통으로 맞았습니다. 불쌍한 귀뚜라미는 "귀뚤!" 울음소리 한 번 못 내고, 벽에 납작하게 붙어 죽고 말았습니다.

05.

배가 고파진 피노키오는 달걀 하나를 찾아내
요리하려고 하지만, 깨뜨린 달걀 안에서
병아리가 튀어나온다

날이 어두워지자 피노키오는 하루 종일 아무것도 먹지 않았
다는 사실이 떠올랐습니다. 뭐가 먹고 싶은지 배가 꼬르륵거
렸습니다.

아이들이란 한번 먹고 싶은 마음이 들면 걷잡을 수 없는 법
입니다. 정말 몇 분도 지나지 않아 피노키오는 배가 말도 못하
게 고파졌고, 곧 굶주린 늑대처럼 참을 수 없을 지경이 되었습
니다.

불쌍한 피노키오는 냄비가 보글보글 끓고 있는 난로를 향해 후닥닥 뛰어가, 뭐가 들었나 보기 위해 뚜껑을 들어 올리려 했습니다. 하지만 냄비는 벽에 그려진 그림일 뿐이었습니다. 피노키오의 실망은 이만저만이 아니었습니다. 그 바람에 안 그래도 길쭉한 코가 십 센티미터나 더 길어져 버렸습니다.

피노키오는 방 안을 돌아다니며 찬장이랑 찬장은 다 열어 보았고, 마른 빵 한 조각이라도 있을 만하다 싶은 곳이면 모조리 뒤졌습니다. 빵 껍질이든, 개가 먹다 남긴 뼈다귀든, 생선 뼈든, 버찌 씨든, 씹을 수 있는 것이라면 뭐라도 고마울 지경이었습니다. 하지만 아무것도, 정말 아무것도 나오지 않았습니다.

배는 점점 고파오는데, 피노키오가 할 수 있는 일이라곤 하품이 고작이었습니다. 피노키오는 입이 귀에 걸릴 정도로 크게 하품을 하기도 하고, 하품을 하고 나서 침을 뱉어 보기도 했지만, 속이 텅 빈 느낌은 전혀 가시지가 않았습니다.

절망에 빠진 피노키오는 끝내 울음을 터뜨렸습니다.

"말하는 귀뚜라미 말이 맞았어. 아빠한테 대들고 도망치는 게 아니었어. 아빠가 옆에 있었다면 이렇게 하품만 하다가 굶어 죽진 않을 텐데. 아, 배고픔은 정말 너무 끔찍해!"

그때 쓰레기 더미 속에서 달걀 같아 보이는 하얗고 둥근 것이 눈에 띄었습니다. 피노키오가 얼른 그것을 움켜잡았습니다. 진짜 달걀이 맞았습니다.

피노키오는 말로 표현할 수 없을 만큼 기뻤습니다. 꿈이 아닌지 겁이 날 정도였습니다. 손바닥에 요리조리 굴려 보고, 톡톡 두드리고, 입도 맞추어 보았습니다.

"자, 이제 어떻게 요리를 한다? 오믈렛을 만들까? 아냐, 프라이팬에 부쳐 먹는 게 더 맛있을 거야. 아니면 그냥 껍질째 삶아 버릴까? 아냐, 제일 빠른 방법은 달걀 프라이를 하는 거야. 진짜 먹고 싶어 죽겠다."

피노키오는 시뻘건 숯불이 담긴 화로 위에 프라이팬을 올려놓았습니다. 그리고 기름이나 버터 대신 물을 조금 부은 다음, 물이 끓기 시작하자 '탁!' 하고 달걀을 깨뜨렸습니다.

하지만 달걀 속에서 튀어나온 것은 흰자와 노른자가 아니라 병아리 한 마리였습니다. 병아리는 공손하게 인사를 하며 명랑하게 말했습니다.

"정말 고맙습니다, 피노키오 님. 제가 껍질을 깨는 수고를 덜어 주셨네요. 그럼 안녕히 계세요. 가족들에게도 안부 전해 주시고요. 다음에 또 만나요."

말을 마친 병아리는 날개를 펴고 열린 창문으로 날아가더니 순식간에 사라져 버렸습니다.

불쌍한 피노키오는 무엇에 홀린 사람처럼 눈 하나 깜짝 않고 입을 떡 벌린 채 손에 달걀 껍데기를 들고 우두커니 서 있었습니다. 이윽고 정신이 조금 돌아오자, 피노키오는 절망감에 사로잡혀 울며불며 고함을 지르고 바닥을 쾅쾅 굴러 댔습니다. 피노키오가 훌쩍이며 말했습니다.

"말하는 귀뚜라미 말이 꼭 맞아! 내가 도망만 안 쳤어도, 아빠만 곁에 있었어도 이렇게 굶어 죽진 않을 텐데. 아, 배고픔은 정말 너무 끔찍해!"

배에서는 아까보다 더 요란하게 소리가 났지만, 피노키오는 그 소리를 멈추게 할 방법을 도무지 알 수가 없었습니다. 결국 피노키오는 빵 한 조각이라도 나눠 줄 착한 사람을 만나길 기대하며 다시 마을로 나가기로 결심했습니다.

06.

화로 위에 발을 올려놓고 잠이 든 피노키오는
아침에 눈을 뜨자 발이 타서 없어진 것을 발견한다

바람이 씽씽 불고 몹시 추운 밤이었습니다. 천둥이 울고, 하늘에 불이라도 난 것처럼 번갯불이 번쩍거렸습니다. 성난 바람이 먼지 구름을 일으키며 세차게 몰아쳤고, 나무들은 바람에 흔들리며 윙윙 소리를 냈습니다.

피노키오는 천둥소리가 너무 무서웠지만 그보다는 배고픔이 더 컸습니다. 그래서 문을 열고 나와 마을을 향해 있는 힘껏 달렸습니다. 피노키오는 곧 사냥개처럼 혀를 쑥 빼문 채 숨을 헐떡이며 마을에 도착했습니다.

하지만 모든 게 너무 깜깜하고 조용하기만 했습니다. 가게는 문을 닫았고, 집집마다 문과 창문이 닫혀 있었습니다. 거리에는 개미 새끼 한 마리 보이지 않았습니다. 마치 유령 마을 같았습니다.

하지만 배고픔에 지친 피노키오는 어떤 집의 초인종을 길게 누르며 애써 중얼거렸습니다.

"누군가는 나와 보겠지."

그러자 정말로 잠옷을 입은 노인이 창문에 나타나더니 화를 내며 소리를 버럭 질렀습니다.

"이 시간에 무슨 일이야?"

"빵 좀 얻을 수 있을까요?"

"기다려, 금방 돌아올 테니!"

노인은 피노키오가 편안히 잠든 착한 사람들을 골려 주려고 한밤중에 초인종을 눌러 대는 떠돌이 아이라고 생각했습니다.

잠시 후 창문이 열리고 노인의 목소리가 다시 들렸습니다.

"창문 밑에 서서 두 손을 내밀어라."

피노키오가 손을 내밀자, 머리 위로 한 양동이의 물이 쫙 쏟아졌습니다. 피노키오는 잔뜩 마른 제라늄 화분이라도 된 듯 머리부터 발끝까지 흠뻑 젖고 말았습니다.

피로와 허기에 지칠 대로 지친 피노키오는 집으로 돌아갔습니다. 서 있을 기운마저 없어 의자에 풀썩 주저앉아서는 숯불이 이글거리는 화로 위에 축축하고 진흙투성이인 발을 올려놓았습니다.

그러고는 곧 잠이 들어 버렸습니다. 피노키오가 잠든 사이 나무로 된 발엔 불이 붙었고, 천천히 타 들어가 결국 재로 변해 버렸습니다.

하지만 피노키오는 남의 발이라도 되는 듯 코까지 골며 곯아떨어졌습니다. 그러다 날이 밝고, 누군가 문 두드리는 소리가 나고서야 겨우 잠에서 깨어났습니다.

"누구세요?"

피노키오가 늘어지게 하품을 하며 눈을 비볐습니다.

"나다!"

그것은 제페토 할아버지의 목소리였습니다.

07.

집으로 돌아온 제페토 할아버지는 자신이 먹으려고
가져온 음식을 피노키오에게 준다

눈도 제대로 못 뜨고 있던 불쌍한 피노키오는 자기 발이 다
타버렸다는 사실을 아직 모르고 있었습니다. 그래서 아빠 목
소리가 들리자, 문을 열려고 의자를 박차고 일어났습니다. 하
지만 몇 번 비틀거리다 마룻바닥에 길게 엎어지고 말았습니
다. 넘어지는 소리가 어찌나 크던지, 나무 국자가 가득 든 자루
가 오 층에서 떨어지는 소리 같았습니다.

제페토 할아버지가 밖에서 외쳤습니다.

"문 열어라!"

피노키오가 몸을 구르며 울먹였습니다.

"문을 열 수가 없어요, 아빠."

"왜 그래?"

"누가 내 발을 먹어 버렸어요."

"누가 네 발을 먹었다는 게야?"

"고양이가요."

때마침 앞발로 대팻밥을 가지고 놀고 있던 고양이를 보며 피노키오가 대답했습니다.

제페토 할아버지가 다시 소리쳤습니다.

"어서 문 열어! 안 그러면 들어가서 혼을 내줄 테다!"

"정말이에요. 못 일어나겠어요. 아, 어쩜 좋아! 난 이제 평생 무릎으로 걸어야 할 거야!"

제페토 할아버지는 피노키오가 또 장난을 치고 있다고 생각했습니다. 그래서 나쁜 버릇을 단단히 고쳐 놓아야겠다고 다짐하고는 벽을 타고 창문을 넘어 집으로 들어갔습니다.

할아버지는 처음엔 너무 화가 나서 피노키오를 꾸짖으려고 했습니다. 하지만 정말로 발도 없이 바닥에 누워 있는 피노키오를 보자, 노여움이 씻은 듯이 사라져 버렸습니다.

제페토 할아버지는 피노키오를 안고, 입을 맞추고, 부드러운 손길로 쓰다듬었습니다. 할아버지의 뺨 위로 눈물이 흘러내렸습니다.

"사랑하는 피노키오야, 어쩌다 발이 이렇게 타버린 거냐?"

"모르겠어요, 아빠. 정말 끔찍한 밤이었어요. 죽을 때까지 못 잊을 거예요. 천둥이 치고, 번개가 번쩍이고, 배가 너무 고팠어요. 그런데 말하는 귀뚜라미가 '네 잘못이야. 그렇게 못되게 굴었으니 벌을 받는 거야.' 그러지 않겠어요. 그래서 내가 '말조심해, 귀뚜라미야!' 하고 말했어요. 그러자 귀뚜라미가 '넌 꼭 두각시야. 머리도 나무 머리라고!' 그러는 거예요. 그래서 제가 망치를 던졌는데, 귀뚜라미가 죽어 버렸어요. 하지만 그건 귀뚜라미 잘못이에요. 전 죽일 생각이 없었다고요. 그리고 화로 위에 프라이팬을 올려놓았는데, 달걀에서 병아리가 튀어나와 이렇게 말했어요. '안녕. 다시 만나요. 식구들한테 인사 전해 주세요!' 전 점점 더 배가 고파졌어요. 그런데 잠옷을 입은 노인이 창문을 열더니, '창문 밑으로 와서 손을 내밀어라!' 하고 말하잖아요. 그런데 물벼락을 주는 거예요. 먹을 걸 달라고 하는 게 부끄러운 짓은 아니잖아요, 안 그래요? 전 집으로 쏜살같이 달려왔어요. 배가 너무 고팠거든요. 그리고 발을 말리려고 화로 위에 올려놓았어요. 그런 다음 아빠가 왔는데, 내 발이 불에 타서 없어진 거예요. 전 아직도 배가 고픈데, 발이 없어져 버렸다고요. 엉엉!"

불쌍한 피노키오는 팔 킬로미터 밖에서도 들릴 만큼 크게 소리치며 울기 시작했습니다.

피노키오가 되는 대로 늘어놓은 이야기 가운데서 제페토 할아버지가 알아들은 말이라곤 배고파 죽겠다는 소리뿐이었습니다.

할아버지는 주머니에서 배 세 개를 꺼내 피노키오에게 건넸습니다.

"이건 내가 먹으려고 가져온 아침인데 너한테 주마. 먹으면 기운이 좀 날 거야!"

"그럼 껍질을 깎아 주세요."

"껍질을 깎아 달라고?"

제페토 할아버지가 놀라서 소리쳤습니다.

"요 녀석, 네 입이 그렇게 까다로운지 몰랐구나. 그건 아주 나쁜 거야! 어릴 때부터 무엇이든 잘 먹는 습관을 들여야 해. 살다 보면 앞으로 무슨 일을 겪게 될지 아무도 모르니까 말이야."

그러자 피노키오가 톡 쏘아붙였습니다.

"전부 옳은 말이에요. 하지만 전 껍질째로는 도저히 못 먹어요. 껍질은 견딜 수가 없다고요."

그래서 참을성 많고 친절한 제페토 할아버지는 칼로 배를 깎은 다음, 껍질을 탁자 구석에 모아 두었습니다.

피노키오가 배 하나를 두 입에 뚝딱 해치우고는 속을 던져 버리려고 했습니다. 그러자 제페토 할아버지가 피노키오를 말렸습니다.

"버리지 마라! 쓸모가 있을지도 모른단다."

"설마 저더러 속까지 먹으란 건 아니겠죠?"

피노키오가 화를 내며 대들었습니다.

"누가 알겠니? 세상엔 별별 일이 다 일어나니 말이다."

제페토 할아버지가 차분하게 대꾸했습니다.

그리하여 먹고 남은 배 속 세 개는 창문 밖으로 던지지 않고 껍질과 함께 탁자 구석에 놓아두었습니다.

배 세 개를 삼키듯 먹어 치운 피노키오가 늘어지게 하품을 하며 찡얼거렸습니다.

"아직도 배가 고파요."

"하지만 이젠 더 줄 게 없구나."

"아무것도요? 하나도 없어요?"

“네가 남긴 껍질이랑 속밖에는 없어.”

“좋아요! 정말 아무것도 없다면 껍질이라도 먹어야죠.”

피노키오는 말을 마치자마자 껍질을 입에 넣고 씹기 시작했습니다. 처음엔 얼굴을 찌푸리는가 싶더니 어느새 줄줄이 먹어 치웠습니다. 껍질을 다 먹고 나서는 속까지 깨끗이 먹었습니다.

“이제야 좀 살 것 같아요!”

“봐라, 음식을 가리면 안 된다는 내 말이 맞지? 앞으로 무슨 일이 일어날지는 아무도 모른단다. 살다 보면 별별 일이 다 생기기 마련이거든.”

08.

제페토 할아버지는 피노키오에게 새 발을 만들어 주고,
외투를 팔아 책을 사준다

배고픔이 가시자 피노키오는 이제 새 발을 만들어 달라며 징
징거리기 시작했습니다.

하지만 제페토 할아버지는 피노키오가 저지른 잘못에 대해
벌을 주려고 반나절 동안을 투덜대며 울게 내버려 두었습니다.

"내가 왜 네 발을 다시 만들어 줘야 하니? 또 도망가려고?"

피노키오가 훌쩍이며 말했습니다.

"앞으로는 착한 아이가 되겠다고 약속할게요."

"아이들이란 원하는 게 있을 때면 늘 그런 소리를 하지."

"학교에도 가고, 공부도 하고, 착한 아이가 되는 일이라면 뭐든지 다 할게요."

"아이들은 바라는 게 있을 때만 그런 소리를 한다니까."

"전 다른 아이들이랑 달라요! 어떤 아이보다도 착해요. 거짓말은 절대 안 해요. 약속할게요, 아빠. 기술도 배우고, 일도 거들어 드리고, 아빠가 늙으면 편하게 모실게요."

제페토 할아버지는 엄한 표정을 지으려고 했지만, 두 눈엔 어느새 눈물이 그렁그렁했습니다. 끔찍한 일을 당한 불쌍한 피노키오를 보고 있자니 마음 가득 슬픔이 차올랐습니다. 할아버지는 아무 말 없이 연장과 잘 마른 나무토막 두 개를 들고 와 부지런히 일을 하기 시작했습니다.

한 시간도 채 안 돼 발이 완성되었습니다. 멋지고 날렵한 두 발은 훌륭한 예술가의 조각품 같았습니다.

제페토 할아버지가 말했습니다.

"눈을 감고 자거라."

피노키오는 눈을 감고 자는 척했습니다. 그동안 제페토 할아버지는 달걀 껍질을 녹인 접착제로 두 발을 제자리에 단단히 붙였습니다. 얼마나 야무지게 붙였던지 자국이 전혀 보이지 않았습니다. 피노키오는 다시 발이 생긴 걸 알고는 누워 있

51

던 탁자에서 냉큼 뛰어내렸습니다. 그러고는 기쁨에 겨워 미친 사람처럼 방 안을 껑충껑충 뛰어다니며 춤을 추었습니다.

피노키오가 아빠에게 말했습니다.

"아빠의 은혜에 보답하는 마음으로 당장 학교에 가겠어요."

"우리 착한 아들!"

"하지만 학교에 가려면 옷이 있어야 하잖아요."

너무 가난해서 주머니에 동전 한 닢 없는 제페토 할아버지는 꽃무늬 종이로 옷을 만들어 주었습니다. 그리고 나무껍질로는 신발을, 빵으로는 모자를 만들었습니다.

피노키오가 얼른 달려가 물이 든 대야에 제 모습을 비춰 보았습니다. 그러고는 만족스러운 듯 뻐기며 말했습니다.

"꼭 신사 같아요!"

"그래, 그렇구나. 하지만 신사를 만드는 건 좋은 옷이 아니라 깨끗한 옷이라는 걸 잊지 말아라."

"그런데 학교에 가려면 아직도 필요한 게 있어요. 가장 중요한 거요."

"그게 뭘까?"

"책이 없잖아요."

"그렇구나. 그런데 어떻게 마련해야 하지?"

"그야 쉽죠! 책방에 가서 사면 돼요."

"돈은?"

"전 돈 없어요."

착한 제페토 할아버지가 슬픈 목소리로 말했습니다.

"나도 없단다."

평소엔 아주 명랑하던 피노키오도 슬픈 기분이 들었습니다. 진짜 가난은 아이들한테서도 모든 기쁨을 앗아 가는 법입니다.

"잠시만 기다려라."

제페토 할아버지가 갑자기 자리에서 일어나더니 구멍이 숭숭 뚫리고 여기저기 옷감을 덧댄 낡은 외투를 걸치고는 밖으로 달려 나갔습니다.

얼마 후 제페토 할아버지가 피노키오에게 줄 책을 들고 집으로 돌아왔습니다. 하지만 눈이 한창 내리는 날씨에 할아버지는 가엾게도 셔츠만 입고 있었습니다.

"외투는 어디 있어요, 아빠?"

"팔았단다."

"왜요?"

"너무 더워서 팔았지."

피노기오는 할아버지의 말뜻을 금방 알아차렸습니다. 그 따

뜻한 마음에 가슴이 뭉클해진 피노키오는 제페토 할아버지의
목을 끌어안고 수없이 입을 맞추었습니다.

09.

피노키오는 인형극을 보기 위해 책을 판다

눈이 그치자 피노키오는 새 책을 팔에 끼고 학교로 향했습니다. 가는 동안 머릿속에는 온갖 상상과 공상이 끊이지 않았습니다.

피노키오가 중얼거렸습니다.

"오늘은 학교에서 읽기를 배우고, 내일은 쓰기를, 모레는 셈하기를 배워야지. 그러면 똑똑해져서 돈을 많이 벌 수 있을 거야. 돈을 벌면 제일 먼저 아빠에게 천으로 만든 아주 멋진 새 외투를 사드려야지. 천이 다 뭐야? 금과 은으로 만든 옷에 다이아몬드 단추까지 달아 드릴 거야. 불쌍한 우리 아빠는 그럴 자격이 있어. 나한테 책을 사주려고 외투까지 파셨잖아. 그것도 이 추운 날에 말이야! 아버지들만이 그런 희생을 할 수 있는 거라고."

점점 흥분하며 말하고 있던 그때, 어디선가 피리 소리와 북소리가 들려오는 듯했습니다.

삘릴리 삘릴리 …… 둥둥둥

피노키오는 걸음을 멈추고 귀를 기울였습니다. 그 소리는 학교 가는 길 반대편 거리 끝에 있는 바닷가 작은 마을에서 나오고 있었습니다.

"웬 음악 소리지? 학교에 가야 하다니 아깝다! 학교에만 안 가면……."

피노키오는 학교에 갈까, 피리 소리를 따라갈까 망설였습니다. 이윽고 이 개구쟁이 소년이 어깨를 으쓱이며 말했습니다.

"오늘은 피리 소리를 들으러 가고, 학교는 내일 가는 거야."

말이 떨어지기가 무섭게 피노키오는 달리기 시작했습니다. 달리면 달릴수록 피리 소리와 북소리가 또렷하게 들려왔습니다.

삘릴리 삘릴리 …… 둥둥둥

마침내 피노키오는 나무판자와 천으로 만든 커다란 천막 주변에 사람들이 가득 모인 작은 광장에 도착했습니다. 천막에는 색색의 그림들이 그려져 있었습니다.

피노키오는 그 마을에 사는 것처럼 보이는 아이에게 물었습니다.

"저 커다란 천막은 뭐니?"

"포스터에 뭐라고 쓰여 있는지 읽어 봐. 그럼 알 테니까."

"나도 정말 그러고 싶어. 하지만 오늘은 글을 읽을 줄 몰라."

"이런, 바보 아냐? 그렇다면 이 몸이 직접 읽어 주지. 저 큼지막한 포스터에는 새빨간 글씨로 '꼭두각시 인형극'이라고 적혀 있다고."

"시작한 지 오래됐니?"

"아니, 지금 막 시작했어."

"입장료가 얼만데?"

"한 푼이야."

피노키오는 인형극이 보고 싶어 미칠 지경이었습니다. 그래서 부끄러움도 잊은 채 이렇게 말했습니다.

"내일 갚을 테니까 돈 좀 빌려 줄래?"

아이가 비웃으며 말했습니다.

"나도 정말 그러고 싶어. 하지만 오늘은 안 되겠는걸."

"내 옷을 팔게."

"꽃무늬 종이로 만든 옷을 가져다 어디에 쓰게? 비가 와서 젖어 버리면 찢어지고 말 텐데."

"그럼 신발은 어때?"

"그건 불 지필 때나 필요하지."

"모자를 주면 돈을 줄래?"

"그거 아주 좋네! 빵으로 만든 모자라 이거지! 쥐들이 당장 내 머리로 몰려들겠군!"

피노키오는 조바심이 났습니다. 이제 남은 건 하나밖에 없었습니다. 하지만 용기가 나지 않았습니다. 망설이던 피노키오가 드디어 입을 열었습니다.

"이 새 책을 살래?"

피노키오보다 생각이 깊은 아이가 대답했습니다.

"난 어린이야. 그러니까 다른 아이들한테서 물건을 사거나 하진 않는다고."

그때 둘의 대화를 엿듣고 있던 헌 옷 장수가 큰 소리로 말했습니다.

"내가 그 책을 사마."

책은 그렇게 금방 팔리고 말았습니다. 아들한테 책을 사주려고 외투까지 팔고 셔츠 바람으로 집에서 벌벌 떨고 있는 불쌍한 제페토 할아버지를 생각하면 한심하기 짝이 없는 일이었습니다!

10.

꼭두각시들은 피노키오가 같은 나무 인형이라는
사실을 알고는 반갑게 맞이하지만
'불 먹는 사나이'라는 별명을 가진 극단 주인이 나타나
죽을 위기에 빠지고 만다

피노키오가 극장 안으로 들어서자 난리가 났습니다. 이미 커
튼이 올라 막 공연이 시작된 참이었습니다.

보통 때처럼 아를레키노와 풀치넬라가 무대 위에서 여차하
면 주먹을 날릴 기세로 말다툼을 하고 있었습니다.

관객들은 두 꼭두각시가 마치 생각이 있는 진짜 사람처럼 서
로 놀려 대며 말싸움을 하고 몸짓을 하는 걸 보고 배가 아프도
록 웃어 댔습니다.

그런데 갑자기 아를레키노가 동작을 멈추고 관객들을 향해 돌아서더니 뒤쪽을 가리키며 극적인 말투로 소리쳤습니다.

"세상에! 이게 꿈이야, 진짜야? 저기 피노키오가 있잖아!"

풀치넬라가 외쳤습니다.

"맞아, 정말 피노키오야!"

무대 뒤에서 객석을 엿보고 있던 로지 양도 말했습니다.

"정말이네! "

꼭두각시들이 모두 무대 양쪽에서 뛰쳐나오며 입을 모아 소리쳤습니다.

"피노키오다! 피노키오야! 우리의 형제 피노키오가 왔어! 피노키오 만세!"

아를레키노가 외쳤습니다.

"이리 와, 피노키오! 우리 꼭두각시 형제들의 품으로 어서 오라고!"

따뜻한 환영의 말을 들은 피노키오가 뒷자리에서 앞으로 훌쩍 뛰었습니다. 그리고 또 한 번 훌쩍 뛰어 오케스트라 지휘자의 머리를 디딘 다음 무대 위로 단번에 뛰어올랐습니다.

나무 친구들은 피노키오를 껴안고, 입을 맞추고, 다정하게 꼬집고, 정답게 툭툭 쳐대며 뜨겁게 반겼습니다.

성말 감동적인 장면이었습니다. 하지만 관객들의 생각은 딜

랐습니다. 연극이 중간에 끊어지자, 참지 못한 관객들이 소리치기 시작했습니다.

"연극을 해! 우리는 연극이 보고 싶다! 연극을 계속해!"

하지만 아무 소용이 없었습니다. 꼭두각시들은 연극을 계속하기는커녕 더욱 소란을 떨며 피노키오를 어깨에 태우고는 의기양양하게 무대 앞으로 나아갔습니다.

그때 갑자기 극단 주인이 나타났습니다. 키가 엄청나게 큰 극단 주인은 누구라도 겁을 낼 만큼 인상이 험상궂었습니다. 게다가 검정 잉크처럼 시커먼 턱수염은 땅에 닿을 정도로 길어 걸을 때마다 발에 밟혔습니다. 또 입은 가마솥처럼 커다랗고, 눈은 시뻘건 등불처럼 이글거렸습니다. 그리고 뱀과 여우 꼬리를 꼬아 만든 커다란 채찍을 쉴 새 없이 휘둘러 댔습니다.

느닷없는 극단 주인의 출현에 모두들 할 말을 잃었습니다. 숨소리조차 들리지 않았습니다. 파리가 나는 소리도 들릴 지경이었습니다. 불쌍한 꼭두각시들은 사시나무 떨 듯 몸을 벌벌 떨었습니다.

극단 주인이 독감에 걸린 귀신 같은 목소리로 피노키오에게 물었습니다.

"왜 내 극장에 와서 소란을 피우는 거냐?"

"믿어 주세요, 나리. 제가 그런 게 아니에요."

"듣기 싫다! 오늘 밤에 어디 두고 보자꾸나."

인형극이 끝나자 극단 주인은 부엌으로 갔습니다. 부엌에는 저녁 식사감인 양고기가 통째로 꼬챙이에 꽂힌 채 불 위에서 천천히 돌아가고 있었습니다.

극단 주인은 양고기를 구울 장작이 모자란다는 걸 알고는 아를레키노와 풀치넬라를 불러 말했습니다.

"못에다 매달아 놓은 피노키오를 데려와라. 잘 마른 나무로 만들어졌으니 장작으론 그만일 거야."

아를레키노와 풀치넬라가 주춤했습니다. 하지만 극단 주인이 험악한 눈으로 노려보자 할 수 없이 말을 따랐습니다. 잠시 후 둘은 불쌍한 피노키오를 데리고 부엌으로 돌아왔습니다. 피노키오는 물 밖에 나온 뱀장어처럼 몸부림을 치며 절망적으로 소리를 질렀습니다.

"아빠, 아빠, 살려 주세요! 저 죽기 싫어요. 죽기 싫다고요!"

11.

극단 주인은 재채기를 한 뒤 피노키오를 용서해 주고,
피노키오는 나중에 친구
아를레키노의 목숨을 구해 준다

불 먹는 사나이라는 별명에 걸
맞게 극단 주인의 인상은 아주 무서
웠습니다. 시커먼 수염이 가슴뿐만 아
니라 다리까지 앞치마처럼 덮고 있어서
더욱 그렇게 보였습니다. 하지만 속마음은
그렇지 않았습니다. 극단 주인은 불쌍한 피노
키오가 울며불며 '살려 주세요! 죽기 싫어요!'라

고 외치는 모습을 보자 안됐다는 생각이 들었습니다. 그런 마음이 든 주인은 결국 요란하게 재채기를 하고 말았습니다.

수양버들처럼 축 늘어져 슬픔에 젖어 있던 아를레키노가 그 소리를 듣고는 얼굴이 환해지더니 피노키오 쪽으로 몸을 숙이며 속삭였습니다.

"좋은 소식이야, 친구! 극단 주인이 재채기를 했어. 그건 널 불쌍하게 생각한다는 뜻이야. 넌 이제 살았다고!"

사람들은 보통 누군가 불쌍하게 여겨질 때 눈물을 흘리거나 눈을 비비는 척하곤 합니다. 그런데 극단 주인은 진짜로 불쌍한 마음이 들 때면 재채기를 하는 버릇이 있었습니다.

재채기를 하고 난 극단 주인은 여전히 퉁명스럽게 피노키오에게 소리쳤습니다.

"그만 좀 울어! 속이 자꾸 울렁거리잖아. 가슴이 너무 아프단……, 아프단…… 에취! 에취!"

극단 주인이 이번에는 연거푸 두 번이나 재채기를 했습니다.

"괜찮으세요?"

"걱정해 줘서 고맙다. 그런데 네 부모님은 살아 계시냐?"

"아빠가 계세요. 엄마는 본 적이 없지만요."

"널 불에다 던져 버리면 네 늙은 아비가 얼마나 가슴 아파할꼬! 불쌍한 양반! 정말 안됐구나. 에취! 에취! 에취!"

이번엔 세 번이나 재채기를 했습니다.

"괜찮으세요?"

"고맙구나. 하지만 내 사정도 한번 생각해 봐라. 보다시피 양고기를 마저 구울 나무가 없지 않니. 네가 딱 안성맞춤인데 말이야. 하지만 이젠 널 용서하마. 두말 않겠어. 너 대신 우리 극장에 있는 인형을 태우면 되지 뭐. 이봐, 경관!"

말이 떨어지기가 무섭게 나무로 만든 경관 두 명이 나타났습니다. 아주 키가 크고 깡마른 체격에, 머리엔 철모를 쓰고, 손에는 칼을 뽑아 들고 있었습니다.

극단 주인이 걸걸한 목소리로 명령했습니다.

"저기 있는 아를레키노를 잡아다 꽁꽁 묶어 불 속에 던져 넣어라! 양고기를 맛있게 구워야겠다!"

불쌍한 아를레키노의 모습을 한번 상상해 보세요! 아를레키노는 얼마나 겁이 났던지 다리가 푹 꺾이면서 머리를 박고 쓰러지고 말았습니다.

이 모습을 본 피노키오는 너무도 가슴이 아파 극단 주인 발치에 무릎을 꿇고는 그의 긴 수염을 눈물로 흠뻑 적시며 애원했습니다.

"살려 주세요, 나리!"

극단 주인이 단호하게 말했습니다.

"여기 나리가 어디 있다고 그래?"

"살려 주세요, 기사님!"

"여기 기사가 어디 있다고 그래?"

"살려 주세요, 장군님!"

"여기 장군이 어디 있다고 그래?"

"살려 주세요, 폐하!"

폐하라는 말에 극단 주인이 미소를 짓더니, 갑자기 다정하고 온화한 목소리로 피노키오에게 물었습니다.

"그래, 뭘 도와주면 되겠는고?"

"불쌍한 아를레키노를 살려 주십사 청하옵니다."

"그럴 수는 없느니라. 널 용서해 줬으니 대신 저놈을 던져 넣어야 해. 그래야 내 양고기를 구울 수가 있지."

그러자 피노키오가 일어서더니 빵으로 된 모자를 벗어던지며 말했습니다.

"그렇다면 이제 제가 해야 할 일을 알겠군요. 경관님들, 이리 와서 절 꽁꽁 묶어 불 속에 집어 던지세요! 저 대신 진정한 친구인 불쌍한 아를레키노를 죽게 할 순 없어요!"

이 용감한 외침에 그 자리에 있던 꼭두각시들이 모두 눈물을 흘렸습니다. 나무 경관들조차 갓난아기처럼 소리 내어 울었습니다.

얼음처럼 차갑게 굳어 있던 극단 주인의 마음이 점점 녹아내리더니 드디어 재채기가 터져나왔습니다. 네 번, 다섯 번 재채기를 하고 난 극단 주인은 다정하게 두 팔을 벌리며 피노키오에게 말했습니다.

"넌 정말 착하고 용감한 아이로구나! 이리 와서 나한테 뽀뽀해 주렴."

피노키오가 재빨리 뛰어가 다람쥐처럼 극단 주인의 수염을 타고 뽀르르 올라간 다음 콧잔등에다 뽀뽀를 쪽 했습니다.

불쌍한 아를레키노가 들릴락말락하는 떨리는 소리로 물었습니다.

"그럼 목숨을 살려 주시는 건가요?"

"그래, 살려 주마."

그런 다음 극장 주인은 고개를 흔들며 덧붙였습니다.

"할 수 없지! 오늘 저녁엔 양고기를 반만 익혀 먹는 수밖에. 하지만 다음엔 누구든 국물도 없을 줄 알라고!"

형제들이 용서를 받자, 꼭두각시들은 모두 무대로 달려 나가 잔치라도 벌이듯 불을 모조리 밝히고는 껑충껑충 뛰며 덩실덩실 춤을 추기 시작했습니다. 춤은 날이 밝도록 계속되었습니다.

12.

극단 주인이 제페토 할아버지에게 갖다 주라며
금화 다섯 닢을 줬지만,
꼬임에 빠진 피노키오는 여우와 고양이를 따라간다

다음 날, 극단 주인은 피노키오를 불러 물었습니다.

"아버지 성함이 어떻게 되니?"

"제페토예요."

"무슨 일을 하시지?"

"가난한 사람들이 하는 일이요."

"돈은 많이 버시니?"

"주머니에 한 푼도 없을 만큼 버세요. 저한테 책을 사주시느라 하나밖에 없는 외투도 팔아야 했는걸요. 구멍이 숭숭 뚫리고 더덕더덕 천을 덧댄 외투를 말이에요."

"불쌍한 양반! 정말 안됐구나. 여기 금화 다섯 닢이 있다. 얼른 아버지께 갖다 드리고 내 안부도 전해 주려무나."

피노키오는 극단 주인에게 고맙다는 인사를 수천 번이나 했습니다. 그리고 꼭두각시 친구들과 심지어 경관들까지 하나하나 끌어안으며 작별 인사를 나누었습니다. 그런 다음 기쁜 마음으로 집으로 향했습니다.

하지만 피노키오는 얼마 못 가서 절름발이 여우와 장님 고양이를 만났습니다. 둘은 몸은 불편했지만 좋은 친구로서 서로를 의지하고 있었습니다. 절름발이 여우는 고양이에게 몸을 기댄 채 걸었고, 장님 고양이는 여우가 이끄는 대로 따라갔습니다.

여우가 다가와 다정하게 인사를 건넸습니다.

"안녕, 피노키오."

"내 이름을 어떻게 아니?"

"너희 아빠를 잘 알거든."

"어디서 봤는데?"

"어제 너희 집 문 앞에서."

"뭘 하고 계셨어?"

"셔츠 바람으로 추워서 덜덜 떨고 계시더라."

"불쌍한 아빠! 하지만 괜찮아! 이제부터는 그렇게 떠는 일은 없을 테니까."

"어째서?"

"내가 부자가 됐거든."

"네가? 부자라고?"

여우가 예의 없이 경멸하듯 웃음을 터뜨렸습니다.

고양이도 웃음이 나왔지만 웃는 모습을 들키지 않으려고 앞 발로 수염을 쓰다듬는 체했습니다.

피노키오가 화가 나서 소리쳤습니다.

"뭐가 우습다고 그래? 군침 돌게 해서 정말 미안하지만, 내겐 이렇게 금화 다섯 닢이 있단 말씀이야."

그러면서 극단 주인에게서 받은 금화를 꺼내 보였습니다.

금화가 찰랑거리는 황홀한 소리에 여우가 저도 모르게 절름 발이 흉내를 내던 앞발을 쭉 폈습니다. 또 고양이는 두 눈을 번 쩍 떴다가 피노키오에게 들키기 전에 얼른 다시 감았습니다.

여우가 물었습니다.

"이제 그 돈으로 뭘 할 건데?"

"제일 먼저 아빠에게 멋진 외투를 사드릴 거야. 금실 은실로 짠 옷감에 다이아몬드 단추가 달린 옷으로. 그런 다음엔 책을 살 거야."

"책이라고?"

"그럼! 학교에 가서 열심히 공부할 거거든."

그러자 여우가 말했습니다.

"날 봐. 공부하겠다고 어리석게 덤비다 이렇게 절름발이가 됐잖아."

고양이도 거들었습니다.

"날 봐. 공부하겠다고 어리석게 덤비다 이렇게 눈이 멀어 버렸잖아."

바로 그때 길가 울타리에 앉아 있던 하얀 찌르레기 한 마리가 노래를 불렀습니다.

"피노키오, 못된 친구들 말은 듣지 마. 그랬다간 후회하게 될 거야."

불쌍한 찌르레기, 그냥 가만히 있었으면 좋았을걸! 고양이가 훌쩍 몸을 날려 찌르레기를 덮치는가 싶더니, 찍소리 한번 낼 틈도 주지 않고 한입에 깃털까지 꿀꺽 삼켜 버렸습니다.

찌르레기를 게걸스레 먹어 치운 고양이는 입을 쓱 닦은 다음, 눈을 감고 다시 장님 행세를 했습니다.

피노키오가 고양이한테 말했습니다.

"불쌍한 찌르레기! 찌르레기한테 왜 그랬어?"

"따끔한 맛을 보여 준 거야. 그래야 다른
사람이 하는 말에 쓸데없는 참견을 안 하지."

집까지 반쯤 왔을 때, 갑자기 여우가 걸음
을 멈추더니 피노키오에게 말했습니다.

"금화를 불리고 싶지 않니?"

"무슨 말이야?"

"다섯 닢밖에 안 되는 금화를 백 배, 천 배, 이천 배로 늘리고
싶지 않냐고?"

"누가 마다하겠어? 그런데 어떻게?"

"아주 간단해. 집으로 가는 대신에 우리랑 함께 가면 돼."

"어디로 가는데?"

"'얼간이 나라'로 갈 거야."

피노키오가 잠시 생각하더니 단호하게 말했습니다.

"아니, 안 갈래. 집에도 거의 다 온데다, 날 기다리는 아빠한테 갈 거야. 어제 집에 안 들어가서 걱정이 이만저만 아니실 거야. 난 정말 나쁜 아이야. '말 안 듣는 아이들은 잘되는 일이 없다.'고 한 귀뚜라미 말이 옳았어. 끔찍한 일을 그렇게 많이 겪었으니 그 값을 톡톡히 치른 셈이지. 어젯밤엔 극장에서 하마터면 죽을 뻔했다고. 아, 생각만 해도 소름 끼쳐!"

여우가 말했습니다.

"그래서 정말 집으로 가겠다고? 그럼 가버려. 너만 손해지."

고양이가 여우의 말을 따라 했습니다.

"너만 손해지."

"잘 생각해, 피노키오. 그건 돈을 날리는 짓이야!"

"날리는 거야!"

고양이가 따라 했습니다.

"금화 다섯 개가 하루아침에 이천 개가 될지도 몰라!"

"이천 개야!"

이번에도 고양이가 따라 말했습니다.

놀란 피노키오의 입이 쩍 벌어졌습니다.

"하지만 어떻게 그렇게 많아질 수가 있어?"

여우가 대답했습니다.

"내가 설명해 주지. 얼간이 나라에 가면 '기적의 밭'이라고 부르는 신기한 밭이 있어. 그곳에 작은 구멍을 파고 금화 한 닢을 넣는 거야. 그런 다음 흙으로 잘 덮고 샘물 두 양동이를 부어. 그리고 그 위에 소금 한 움큼을 뿌리고 잠을 자. 그러면 밤새 금화가 자라서 꽃을 피우는 거지. 다음 날 아침 밭에 가보면 뭐가 있는 줄 알아? 낟알만큼이나 많은 금화를 주렁주렁 달고 있는 나무가 자라나 있다고."

피노키오가 더욱 어리둥절해하며 말했습니다.

"그럼 거기다 금화 다섯 닢을 묻으면 다음 날 아침 몇 개가 되는 거야?"

"그거야 아주 간단하지. 식은 죽 먹기라고. 예를 들어 금화 한 닢이 오백 개가 된다고 쳐봐. 그러면 오백 곱하기 오를 하면 되니까, 다음 날 아침이면 번쩍이는 금화 이천오백 개를 주머니에 챙기게 되는 거야."

피노키오가 너무 기뻐 춤을 추며 외쳤습니다.

"와, 신난다! 그러면 이천 개는 내가 갖고, 오백 개는 너희한테 선물로 줄게."

여우가 기분이 상한 듯 소리쳤습니다.

"선물로 준다고? 말도 안 돼!"

"말도 안 돼!"

고양이가 따라 했습니다.

"우리는 뭘 바라고 이러는 게 아니야. 남을 돕는 일이라면 그저 뭐든지 할 뿐이야."

"뭐든지 할 뿐이야!"

고양이가 또 따라 말했습니다.

'이렇게 착할 수가!'

피노키오는 속으로 생각했습니다. 그리고 아빠와 새 외투, 그리고 책 등 그때까지 품고 있던 모든 훌륭한 다짐들은 까맣게 잊어버린 채 여우와 고양이에게 말했습니다.

"그래, 좋았어! 너희랑 같이 갈게."

13.

'빨간 가재 여관'

셋은 걷고, 걷고, 또 걸었습니다. 그리고 마침내 저녁이 되어서야 지친 몸으로 '빨간 가재 여관'에 도착했습니다.

여우가 말했습니다.

"여기 잠시 들러 배도 채우고 몇 시간만 쉬었다 가자. 자정에 출발하면 내일 새벽쯤엔 기적의 밭에 도착할 수 있을 거야."

셋은 여관으로 들어가 식탁에 앉았습니다. 하지만 셋 다 입맛이 하나도 없있습니다.

고양이는 가엾게도 소화불량이라 토마토소스를 얹은 숭어 서른다섯 마리와 파르메산 치즈를 곁들인 내장 요리 네 그릇밖에 먹지 못했습니다. 게다가 내장 요리는 양념이 제대로 되어 있지 않아 버터와 치즈 가루를 달라고 세 번이나 말해야 했습니다.

여우도 조금씩 맛을 보긴 했지만, 의사가 음식 조절을 해야 한다고 말했던 터라 통통한 햇병아리와 어린 수탉을 곁들이고 달콤 짭조름한 소스로 간을 맞춘 산토끼 요리로 만족할 수밖에 없었습니다. 산토끼 요리를 다 먹고 나서는 자고새, 토끼, 개구리, 도마뱀과 다른 여러 가지를 섞은 특별식만 주문하고 다른 건 전혀 입에 대지 않았습니다. 여우는 음식만 보면 속이 메슥거려서 한 입도 못 먹겠다며 투덜댔습니다.

가장 적게 먹은 사람은 피노키오였습니다. 피노키오는 호두와 빵을 조금 시켰는데, 그마저도 접시에 그대로 남겼습니다. 어리석은 피노키오는 기적의 밭에 온통 정신이 팔려 금화 생각으로 소화가 잘 안 됐던 것입니다.

저녁을 다 먹고 나자, 여우가 여관 주인에게 말했습니다.

"좋은 방으로 두 개 주세요. 하나는 피노키오 씨가, 다른 하나는 나랑 내 친구가 쓸 겁니다. 떠나기 전에 잠깐 눈을 붙였다가 다시 길을 가야 하니, 밤 열두 시에는 꼭 깨워야 합니다."

"알겠습니다, 나리."

여관 주인은 '무슨 뜻인지 알아요. 척하면 착이지요.' 하고 말하듯 여우와 고양이에게 한쪽 눈을 찡긋해 보였습니다.

피노키오는 침대에 눕자마자 곯아떨어져 꿈을 꾸기 시작했습니다. 피노키오는 들판 한가운데 서 있었습니다. 가지마다 금화가 주렁주렁 열린 나무로 가득했습니다. 금화들이 바람에 부드럽게 부딪치며 내는 소리가 마치 '누구든 와서 우리를 따가세요!'라고 말하는 듯했습니다. 하지만 가장 중요한 순간, 그러니까 피노키오가 손을 뻗어 금화를 한 움큼 따서 주머니에 넣으려는 그 순간, 갑자기 누군가 요란스레 문을 두드리는 소리에 그만 잠을 깨고 말았습니다.

여관 주인이 열두 시가 됐다고 말해 주러 온 것이었습니다.

피노키오가 물었습니다.

"내 친구들도 모두 일어났나요?"

"그럼요! 두 시간 전에 벌써 떠났는걸요."

"왜 그렇게 서둘러 갔대요?"

"고양이 나리의 큰아들이 동상에 걸려 위독하다는 전갈을 받았거든요."

"음식 값은 내고 갔나요?"

"그럴 리가요? 나리 같은 신사 분께 그런 무례를 저지를 만큼 나쁜 분들이 아니랍니다."

피노키오가 머리를 긁적이며 말했습니다.

"거참, 섭섭하군요. 그런 무례라면 기쁘게 받아들였을 텐데!"

그러고 나서 물었습니다.

"그 착한 친구들이 날 어디서 기다릴 거라 하던가요?"

"내일 아침 동틀 무렵 기적의 밭에서요."

피노키오는 친구들 몫까지 음식 값을 내고는 금화를 가지고 길을 떠났습니다.

하지만 길이 너무 어두워 손으로 더듬거리며 가야 했습니다. 눈앞에 있는 손조차 보이지 않았습니다. 나뭇잎 흔들리는 소리 하나 들리지 않았습니다. 새 몇 마리가 길 건너 울타리로 날아가다 피노키오의 코를 스치고 지나갔습니다. 피노키오가 겁에 질려 뒤로 펄쩍 물러나며 소리쳤습니다.

"누구야?"

멀리 언덕 너머에서 메아리가 들려왔습니다.

"누구야? 누구야? 누구야?"

계속 길을 가던 피노키오는 나무 둥치 위에 무언가 작은 형체가 희미하게 빛을 내고 있는 것을 보았습니다. 투명한 도자기 등잔에서 새어 나오는 불빛 같았습니다.

피노키오가 물었습니다.

"넌 누구니?"

"말하는 귀뚜라미의 유령이야."

소리가 어찌나 가늘던지 마치 다른 세상에서 들려오는 듯했습니다.

"나한테 할 말 있니?"

"충고를 해주려고. 집으로 돌아가서 널 기다리며 울고 계시는 불쌍한 아빠에게 남은 금화 네 닢을 갖다 드려."

"내일이면 아빠는 큰 부자가 될 거야. 금화 네 개가 이천 개가 될 거거든."

"이봐, 하루아침에 부자로 만들어 주겠다고 약속하는 사람들을 믿으면 안 돼. 그런 놈들은 대부분 미친 놈이거나 사기꾼들이라고. 그러니 내 말대로 어서 집으로 돌아가."

"싫어. 난 계속 갈 거야."

"시간이 너무 늦었어."

"그래도 갈 거야."

"밤이 깊었어."

"그래도 갈 거야."

"길이 위험해."

" 그래도 갈 거야."

"제 멋대로 행동하는 아이들은 얼마 못 가 후회하게 된다는 사실을 잊지 마."

"또 시작이군. 잘 가, 귀뚜라미야!"

"안녕, 피노키오. 하느님이 위험과 강도로부터 너를 보호해 주길!"

이 말을 끝으로 귀뚜라미는 바람에 촛불이 꺼지듯 순식간에 사라져 버렸습니다. 길은 아까보다 더 깜깜해졌습니다.

14.

말하는 귀뚜라미의 충고를 듣지 않은 피노키오는
강도를 만난다

피노키오는 길을 계속 걸으며 중얼거렸습니다.

"정말이지 아이들은 너무 불쌍해! 다들 꾸짖고 겁주고 충고
하려고만 들잖아. 말할 때 보면 전부 아버지나 선생님 같다니
까. 말하는 귀뚜라미까지 말이야. 생각해 봐. 내가 자기 말을
듣지 않아서 온갖 불행을 겪을 거라고? 강도를 만날지도 모른
다고? 내가 강도를 믿지 않는 게 다행이지. 그건 밤에 아이들
을 못 나가게 하려고 어른들이 지어낸 말일 뿐이야. 혹시라도

길에서 강도를 만난다고 내가 겁낼 줄 알아? 천만에! 난 강도들한테 똑바로 걸어가 이렇게 말할 거야. '강도 나리들, 무슨 일이세요? 날 갖고 놀 생각일랑 집어치워요. 조용히 아저씨들 볼일이나 보시죠!' 불쌍한 강도들이 바람처럼 내빼는 모습이 훤히 보이는군. 하지만 혹시라도 내빼지 않으면 그땐 내가 도망치지 뭐. 그러면 모두 끝나는 거라고."

피노키오는 생각을 좀 더 하려고 했습니다. 하지만 그 순간 등 뒤에서 나뭇잎이 부스럭대는 소리가 들렸습니다.

재빨리 뒤돌아보니 숯 자루를 뒤집어쓴 시커먼 물체 두 개가 유령처럼 발끝으로 껑충껑충 뛰며 피노키오 쪽으로 다가오고 있었습니다.

피노키오가 중얼거렸습니다.

"이크, 진짜 강도잖아!"

피노키오는 금화를 어떻게 해야 할지 몰라 입에 집어넣고는 혀 밑에다 감추었습니다.

그러고는 곧바로 도망을 가려고 했지만 첫걸음을 내딛기도 전에 팔을 붙잡히고 말았습니다. 곧이어 무시무시하고 쩌렁쩌렁한 목소리가 들렸습니다.

"목숨이 아깝거든 돈을 내놓아라!"

입에 돈이 든 탓에 피노키오는 아무 말도 하지 못하고, 자루에 난 구멍으로 눈만 보이는 두 강도에게 수없이 머리를 조아리며, 자기는 가난한 꼭두각시라 주머니에 한 푼도 없다는 몸짓을 해보였습니다.

두 강도가 위협적으로 외쳤습니다.

"어서 내놔! 허튼 수작 부리지 말고!"

하지만 피노키오는 '난 가진 게 아무것도 없어요!'라고 말하듯 손바닥을 펼쳐 보였습니다.

키가 큰 강도가 말했습니다.

"돈을 내놓지 않으면 넌 죽어!"

"죽어!"

다른 강도가 따라 했습니다.

"널 죽인 다음엔 네 아버지도 죽일 거야!"

"죽일 거야!"

다른 강도가 또 따라 말했습니다.

"안 돼, 안 돼, 우리 불쌍한 아빠는 안 돼!"

피노키오가 절망적으로 소리쳤습니다. 그러자 입 안에서 금화가 짤랑거리는 소리가 났습니다.

"아하, 요 못된 놈! 돈을 혀 밑에 숨겼다! 당장 뱉지 못해?"

피노키오는 꼼짝도 하지 않았습니다.

"이런, 귓구멍이 막히기라도 했나? 오냐, 우리가 뱉게 만들어 주마!"

　이윽고 강도 하나가 피노키오의 코를 잡고 다른 하나가 턱을 잡더니 피노키오의 입을 벌리려고 위아래로 인정사정없이 잡아당겼습니다. 하지만 아무 소용이 없었습니다. 피노키오의 입은 못이라도 박아 놓은 듯 옴짝달싹도 하지 않았습니다.

　그러자 키 작은 강도가 칼을 쑥 뽑아 들고는 피노키오의 입술 사이에 억지로 끼워 넣으려고 했습니다. 하지만 피노키오가 먼저 번개처럼 달려들어 강도의 손을 물어뜯어 버렸습니다. 그런데 뱉어 내고 보니 놀랍게도 고양이 발이었습니다!

　첫 승리에 용기를 얻은 피노키오는 손톱을 이용해 강도로부터 빠져나온 뒤 길가 울타리를 뛰어넘어 들판으로 달아났습니다. 강도들이 마치 산토끼를 쫓는 사냥개처럼 피노키오를 따라왔습니다. 발이 잘린 키 작은 강도는 한 발로도 용케 쫓아왔습니다.

　수십 킬로미터를 계속 달리자 피노키오는 지칠 대로 지쳐 버렸습니다. 피노키오는 더 이상 어디로 가야 할지 몰라 키 큰 소나무로 올라가 제일 높은 가지 위에 걸터앉았습니다. 뒤따라온 강도들도 나무를 기어오르려고 했지만 반쯤 올라가다 미끄러져 손발에 상처만 입은 채 바닥으로 떨어지고 말았습니다.

　하지만 강도들은 포기하지 않았습니다. 두 강도는 나무 밑에 마른 가지를 잔뜩 모아 놓고 불을 질렀습니다. 삽시간에 불이 붙은 소나무는 바람에 흔들리는 촛불처럼 무섭게 타오르기 시작했습니다. 불길이 빠르게 치솟아 올라오자, 피노키오는 이 대로 통닭구이가 될 순 없다는 생각에 나무 꼭대기에서 훌쩍 뛰어내려 다시 들판과 포도밭을 가로질러 내달렸습니다. 강도들도 조금도 지치지 않고 바싹 뒤를 쫓았습니다.

날이 거의 밝아 오기 시작했지만 쫓고 쫓기는 추격전은 계속되었습니다. 그런데 갑자기 지저분하고 깊은 흙탕물 웅덩이가 피노키오의 앞길을 넓게 가로막았습니다.

피노키오가 어떻게 했을까요?

"하나, 둘, 셋!"

피노키오는 신호와 함께 몸을 날려 웅덩이를 뛰어넘었습니다. 강도들도 뛰었습니다. 하지만 거리를 제대로 가늠하지 못해 그만 웅덩이 한가운데 풍덩 빠지고 말았습니다.

첨벙이는 물소리를 들은 피노키오는 웃으며 외쳤습니다.

"목욕 잘 하세요, 강도 나리들!"

피노키오는 강도들이 물에 빠져 죽었을 거라고 생각했습니다. 하지만 고개를 돌려 보니 물이 새는 바구니처럼, 여전히 뒤집어쓴 자루에서 물을 뚝뚝 흘리며 쫓아오고 있었습니다.

15.

강도들은 도망치는 피노키오를 쫓아와 붙잡은 다음
커다란 떡갈나무 가지에 매단다

피노키오는 이제 끝이라는 생각이 들었습니다. 하지만 바닥
에 쓰러져 포기하려는 순간, 저 멀리 시꺼먼 숲 사이로 눈처럼
새하얀 작은 집이 보였습니다.

"저 집까지 갈 힘만 있으면 살 수 있을 거야."

피노키오가 중얼거렸습니다.

그러고는 강도들의 추격을 피해 있는 힘을 다해 숲을 내달렸
습니다.

두 시간 가까이 필사적으로 달린 끝에 피노키오는 마침내 녹초가 된 몸으로 작은 집의 문 앞에 도착했습니다.

하지만 문을 두드려도 아무 대답이 없었습니다.

강도들이 쫓아오는 소리가 들려오자, 피노키오는 다시 한번 더 세게 문을 두드렸습니다. 하지만 여전히 인기척이 없었습니다.

두드려도 아무 소용이 없자, 피노키오는 문을 발로 차고 머리로 박았습니다. 그러자 귀여운 소녀가 창문을 열었습니다. 파란색 머리에 얼굴이 밀랍처럼 새하얀 소녀는 눈을 감은 채로 두 손을 가슴 위에 십자 모양으로 올리고 있었습니다.

소녀는 마치 다른 세상 사람처럼 입술도 움직이지 않고 나지막한 소리로 말했습니다.

"이 집엔 아무도 없어. 전부 죽었거든."

"그래도 넌 문을 열 수 있잖아. 나 좀 들어가게 해줘."

피노키오가 울면서 애원했습니다.

"나도 죽었어."

"죽었다고? 그러면 창가에서 뭘 하는 거야?"

"날 데려갈 저승사자를 기다리고 있어."

소녀는 말을 마치자마자 곧 사라졌고, 창문도 소리 없이 닫혔습니다.

피노키오가 소리쳤습니다.

"아, 아름다운 파란 머리 소녀야. 제발 문을 열어 줘! 강도들한테 쫓기는 불쌍한 아이한테……."

하지만 말이 채 끝나기도 전에 피노키오는 목덜미를 붙잡히고 말았습니다. 피노키오의 귀에 위협적인 목소리가 들렸습니다.

"이번엔 못 빠져나갈 줄 알아!"

모든 게 끝났다는 생각이 든 피노키오는 몸을 덜덜 떨기 시작했습니다. 어찌나 심하게 떨었던지 다리 관절이 삐걱거리며 소리를 냈고, 혀 밑에 넣어 둔 금화까지 찰랑거렸습니다.

강도들이 말했습니다.

"자, 입을 열 테냐, 말 테냐? 어라, 대답을 안 해? 좋아, 두고 보자. 이번엔 꼭 열고 말 테니!"

강도들은 면도날처럼 날카로운 커다란 칼 두 개를 꺼내 피노키오를 무자비하게 찔렀습니다.

하지만 다행히도 피노키오는 아주 딱딱한 나무로 만들어진 까닭에 애꿎은 칼만 산산조각이 나고 말았습니다. 강도들은 칼자루만 든 채 멀뚱멀뚱 서로의 얼굴을 쳐다보았습니다.

강도 중 하나가 말했습니다.

"이제 알겠다. 저놈은 목을 매달아야 해. 어서 저놈을 매달자!"

그러고는 순식간에 행동으로 옮겼습니다. 강도들은 피노키오의 팔을 등 뒤로 묶고 목에 올가미를 두르고는 커다란 떡갈나무 가지에 매달았습니다.

그런 다음 풀밭에 앉아 피노키오의 발버둥질이 멈추기를 기다렸습니다. 하지만 세 시간이 지나도 피노키오는 여전히 눈을 동그랗게 뜬 채 전보다 더 세차게 버둥거리기만 했습니다.

기다림에 지칠 대로 지친 강도들이 피노키오를 보며 비웃듯 내뱉었습니다.

"내일 다시 올 테니 잘 있어라. 입을 딱 벌리고 죽어 있는 모습을 기대해도 되겠지?"

강도들이 떠났습니다.

세찬 북풍이 불어오는가 싶더니 윙윙 소리를 내며 사납게 휘몰아쳤습니다. 피노키오의 몸은 결혼식 날 울리는 종의 추처럼 이리저리 심하게 흔들렸습니다. 피노키오는 너무 고통스러웠고, 올가미가 목을 꽉 조이고 있어 숨조차 제대로 쉴 수 없었습니다.

점점 눈앞이 흐릿해졌습니다. 죽음이 가까이 왔다는 느낌이 들었지만, 피노키오는 여전히 누군가 나타나 자기를 구해 줄지도 모른다는 희망을 버리지 않았습니다. 하지만 아무리 기다려도 사람 그림자 하나 보이지 않았습니다.

갑자기 불쌍한 아빠 생각이 났습니다. 피노키오가 숨넘어가는 소리로 더듬거렸습니다.

"아빠, 아빠만 여기 있었어도……."

피노키오는 더 이상 말을 잇지 못했습니다.

눈을 감고 입을 벌린 채 다리를 축 늘어뜨렸습니다. 그리고 온몸을 부르르 떨더니 이내 뻣뻣해졌습니다.

16.

아름다운 파란 머리 소녀가 피노키오를 구해
침대에 눕히고 살았는지 죽었는지
보려고 의사 세 명을 부른다

커다란 떡갈나무 가지에 매달린 피노키오는 살아 있다기보
다는 죽은 것 같았습니다. 파란 머리의 아름다운 소녀가 창밖
을 다시 내다보았습니다. 목이 매달린 채 차가운 북풍에 춤추
듯 흔들거리는 나무 인형의 비참한 모습을 보니 안됐다는 생각
이 들었습니다. 소녀가 손뼉을 세 번 살짝 쳤습니다.

그러자 날개 퍼덕이는 소리가 들리더니 큰 매 한 마리가 창
가로 날아왔습니다.

"아름다운 요정님, 무슨 일로 찾으셨나요?"

매가 존경의 표시로 부리를 낮추며 물었습니다. 사실, 파란 머리 소녀는 천 년이 넘게 숲에서 살아온 마음 착한 요정이었습니다.

"저 커다란 떡갈나무에 매달려 있는 꼭두각시가 보이지?"

"네, 보입니다."

"그럼 빨리 날아가서 네 튼튼한 부리로 올가미 매듭을 끊은 다음, 조심해서 나무 밑 풀밭에 눕혀 놓아라."

매는 날아간 지 이 분 만에 다시 돌아와 이렇게 말했습니다.

"분부대로 했습니다."

"아이는 어떻더냐?"

"죽은 것처럼 보입니다만 살아 있는 게 분명합니다. 목을 조르고 있던 올가미를 느슨하게 풀어 주자마자 '이제야 살 것 같네!' 하고 중얼거렸거든요."

요정이 다시 박수를 두 번 쳤습니다.

그러자 멋진 푸들 한 마리가 사람처럼 뒷발로 걸으며 나타났습니다. 나들이옷을 입은 마부 같은 차림새였습니다. 머리엔 금장식을 한 삼각 모자와 어깨까지 구불구불 내려오는 하얀 가발을 썼으며, 다이아몬드 단추가 달린 초콜릿색 외투엔 여주인이 점심으로 주는 뼈다귀를 넣을 만큼 기다란 주머니 두 개가

달려 있었습니다. 밑에는 주홍색 반바지를 입고 비단 양말에
굽 낮은 부츠를 신었습니다. 또 비가 올 때 꼬리를 집어넣을 수
있도록 파란색 공단으로 된 우산 집 같은 덮개도 두르고 있었
습니다.

요정이 말했습니다.

"서둘러라, 메도로! 마구간에 가서 가장 멋진 마차를 타고 숲
으로 가거라. 커다란 떡갈나무 밑에 가면 불쌍한 나무 인형이
죽은 듯 풀밭에 누워 있을 것이다. 그 아이를 조심스럽게 마차
에 태워 이리 데려오너라. 알겠느냐?"

푸들이 알겠다는 듯 파란 공단 덮개를 서너 번 흔들고는 부
리나케 달려 나갔습니다.

잠시 후, 마구간에서 아름다운 마차가 나왔습니다. 하늘빛
마차 안에는 카나리아 깃털 쿠션이 놓여 있었고, 그 옆에는 생
크림 과자와 맛있는 비스킷이 가득했습니다. 하얀 생쥐 백 쌍
이 마차를 끄는 가운데 푸들은 마부석에 앉아 늦을까 안달하는
마부처럼 채찍을 마구 휘둘러 댔습니다.

십오 분도 채 지나지 않아 마차가 돌아왔습니다. 문 앞에서
기다리고 있던 요정이 불쌍한 피노키오를 팔에 안아 진줏빛 자
개로 벽을 장식한 작은 방으로 데려갔습니다. 그러고는 근처
에서 제일 뛰어난 의사들을 불러오도록 했습니다.

의사들이 부랴부랴 도착했습니다.

까마귀, 올빼미, 말하는 귀뚜라미가 차례로 왔습니다.

의사들이 피노키오의 침대 맡에 죽 둘러서자, 요정이 입을 열었습니다.

"여러분, 이 불쌍한 꼭두각시가 죽었는지 살았는지 말해 주세요."

제일 먼저 까마귀가 앞으로 나와 피노키오의 맥박을 쟀습니다. 그리고 코를 만져 본 다음 새끼발가락을 만져 보았습니다. 조심조심 진찰을 한 뒤 까마귀가 엄숙하게 말했습니다.

"제 소견으로 이 꼭두각시는 확실히 죽었습니다. 하지만 불행히도 죽지 않았다면 그것은 여전히 살아 있다는 증거입니다."

올빼미가 말했습니다.

"죄송하지만, 저는 훌륭한 친구이자 동료인 까마귀 선생과 의견이 다릅니다. 꼭두각시는 살아 있습니다. 하지만 불행히도 살아 있지 않다면 그것은 정말로 죽었다는 증거입니다."

요정이 말하는 귀뚜라미를

보며 물었습니다.

"선생님은 하실 말씀이 없나요?"

"신중한 의사라면 무슨 말을 해야 할지 모를 때 입을 다물고 있는 편이 가장 현명하다고 생각합니다. 사실 이 꼭두각시는 처음 보는 얼굴이 아닙니다. 전에 본 적이 있습니다."

그때까지 진짜 나무토막처럼 꼼짝도 않던 피노키오가 온 침대가 흔들릴 만큼 부르르 몸을 떨기 시작했습니다.

말하는 귀뚜라미가 계속 말을 이었습니다.

"저 꼭두각시는 소문난 말썽꾸러기입니다."

피노키오가 눈을 뜨는가 싶더니 얼른 다시 감았습니다.

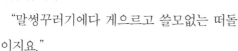

"말썽꾸러기에다 게으르고 쓸모없는 떠돌이지요."

피노키오는 이불 밑으로 얼굴을 숨겼습니다.

"게다가 어쩌나 말을 안 듣는지, 불쌍한 늙은 아버지가 속이 상해 돌아가실 지경이랍니다!"

그때 방 안 어디선가 훌쩍훌쩍 우는 소리가 들렸습니다. 모두들 얼마나 놀랐는지 모릅니다. 이불을 살짝 들춰 보고서야 소리의 주인공이 피노키오라는 사실을 알게 되었습니다.

까마귀가 엄숙하게 말했습니다.

"죽은 아이가 우는 건 살아나고 있다는 증거입니다."

올빼미도 말했습니다.

"죄송하지만, 저는 훌륭한 친구이자 동료인 까마귀 선생과 의견이 다릅니다. 제가 보기에 죽은 사람이 우는 건 죽고 싶지 않다는 뜻입니다."

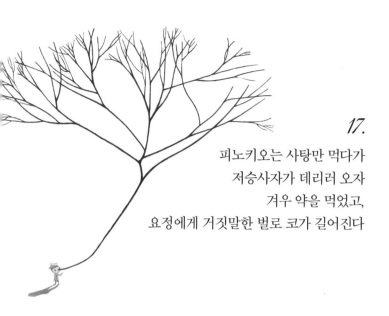

17.

피노키오는 사탕만 먹다가
저승사자가 데리러 오자
겨우 약을 먹었고,
요정에게 거짓말한 벌로 코가 길어진다

의사들이 방을 나가자 요정이 피노키오에게 다가갔습니다. 피노키오의 이마에 손을 대보니 열이 펄펄 끓었습니다.

요정은 물 반 컵에 하얀 가루를 타서 피노키오의 입에 대주며 다정하게 말했습니다.

"이걸 마셔. 며칠 지나면 나아질 거야."

피노키오가 컵을 보고는 얼굴을 찌푸리더니 투덜대며 물었습니다.

"이거 달아요, 써요?"

"쓰지. 하지만 몸에는 좋아."

"쓰면 안 먹을래요."

"내 말대로 마시렴!"

"전 쓴 건 싫어한다고요."

"이걸 마시면 쓴맛이 없어지게 사탕을 하나 줄게."

"사탕이 어디 있어요?"

"여기 있지."

요정이 금 단지에서 사탕을 하나 꺼냈습니다.

"사탕을 먼저 주면 저 쓴 물을 마실게요."

"약속하는 거지?"

"네!"

요정이 사탕을 주자 피노키오는 순식간에 와자작 씹어 삼켜 버리고는 입술을 핥았습니다.

"사탕이 약이라면 얼마나 좋을까. 그럼 매일매일 먹을 텐데."

"이제 약속을 지켜야지. 자, 약을 마셔라. 기운이 되살아날 테니."

피노키오가 마지못해 컵을 받아들었습니다. 그러고는 코에 갖다 댔다가 입에 댔다가 또 다시 코에 갖다 대보더니 이렇게 말했습니다.

"너무 써요! 너무 써! 못 마시겠어요."

"맛도 안 보고 어떻게 아니?"

"전 알아요. 냄새만 맡아도 안다고요. 사탕 하나만 더 주세요. 그러면 마실게요."

그래서 요정은 자상한 엄마처럼 화를 꾹 참고 사탕 하나를 피노키오의 입에 넣어 주었습니다. 그런 다음 다시 피노키오에게 컵을 내밀었습니다.

피노키오가 얼굴을 있는 대로 찡그리며 말했습니다.

"도저히 못 마시겠어요."

"왜?"

"제 발 위에 놓인 베개가 거슬려요."

요정이 베개를 치웠습니다.

"그래도 소용없어요. 못 마시겠어요."

"이번엔 또 왜 그러니?"

"문이 짜증나요. 반쯤 열려 있잖아요."

요정이 가서 방문을 닫았습니다.

피노키오가 울음을 터뜨리며 소리쳤습니다.

"사실은 저렇게 쓴 물은 마시기 싫단 말이에요. 싫어, 싫어, 싫어……."

"얘야, 그러면 나중에 후회하게 된단다."

"상관없어요."

"넌 지금 많이 아파."

"상관없어요."

"그렇게 열이 났다가는 몇 시간 안에 저세상으로 가게 될 거야."

"상관없어요."

"죽는 게 겁나지 않니?"

"하나도 겁나지 않아요. 이 끔찍한 약을 먹느니 차라리 죽는 게 낫다고요."

그 순간 방문이 열리더니 검은 잉크처럼 새까만 토끼 네 마리가 어깨 위에 까맣고 조그만 관을 메고 들어왔습니다.

피노키오가 겁에 질려 침대에서 일어나 앉으며 소리쳤습니다.

"무슨 일이야?"

제일 큰 토끼가 말했습니다.

"우리는 널 데려가려고 왔단다."

"날 데려간다고? 난 아직 죽지도 않았단 말이야!"

"그래, 아직은 아니지. 하지만 열을 내릴 약을 안 먹었으니 넌 이제 몇 분밖에 살지 못해."

피노키오가 소리를 질렀습니다.

"아, 요정님, 친절한 요정님! 어서 컵을 주세요. 제발 빨리요. 전 죽기 싫어요! 죽지 않을 거예요!"

피노키오는 두 손으로 컵을 받아 들고는 단숨에 들이마셨습니다.

토끼들이 말했습니다.

"이런! 괜히 헛걸음만 했잖아."

그러고는 어깨에 작은 관을 둘러메고 툴툴거리며 방을 나갔습니다.

얼마 지나지 않아 피노키오는 침대에서 벌떡 일어났습니다. 나무 인형들은 병에 잘 걸리지도 않지만 병이 나도 금방 낫는다는 장점이 있었습니다.

어린 수탉마냥 신나고 활기차게 방 안을 뛰어다니는 피노키오를 보며 요정이 말했습니다.

"약을 먹으니까 정말 나아졌지?"

"정말이에요! 다시 태어난 기분인걸요."

"그런데 왜 그렇게 애를 먹였니?"

"애들은 원래 그래요. 아픈 것보다 약이 더 무섭거든요."

"어처구니 없구나! 제때에 약을 먹으면 큰 병도 고치고, 목숨까지 건질 수 있다는 걸 알아야지."

"다음엔 고집 피우지 않을게요. 어깨에 관을 든 까만 토끼들을 떠올리며 당장 컵을 들고 약을 마시겠어요!"

"자, 이제 이리 와서 어떻게 강도들한테 잡히게 됐는지 얘기해 보렴."

"그러니까, 불 먹는 사나이라는 극단 주인이 저한테 금화 몇 닢을 주며 '너희 아빠에게 갖다 드려라.' 하고 말했어요. 그리고 가던 길에 친절한 여우와 고양이를 만났죠. 둘이 말했어요. '이 돈을 천 개, 아니 이천 개로 불리고 싶지 않니? 우리랑 함께 가자. 그러면 널 기적의 밭에 데려다 줄게.' 그래서 제가 '같이 가자!' 하고 말했죠. 그런데 여우와 고양이가 '빨간 가재 여관에 들렀다가 밤 열두 시에 다시 떠나자.' 그러는 거예요. 하지만 눈을 떠보니 둘은 벌써 떠나고 없었어요. 그래서 전 뒤를 쫓아 어둠 속을 걷기 시작했죠. 얼마나 깜깜했는지 말도 못해요. 그러다 숯 자루를 뒤집어쓴 강도 둘을 만났어요. 강도들이 '돈 내놔!' 그러기에 전 '한 푼도 없어요.' 하고 말했어요. 금화 네 닢은 입 안에 숨기고 있었죠. 그리고 강도 중 하나가 손으로 입을 벌리려고 해서 제가 물어뜯었어요. 그런데 뱉어 놓고 보니 손이 아니라 고양이 발이었어요. 강도들이 제 뒤를 막 쫓아왔어요. 전 달리고 또 달렸지만 끝내 붙잡히고 말았어요. 강도들은 제 목을 매달고 말했어요. '내일 우리가 돌아오면 넌 입을 벌린 채 죽어 있겠지. 그럼 혀 밑에 숨겨 놓은 돈은 우리 차지가 되는 거야.'라고요"

요정이 물었습니다.

"금화 네 개는 지금 어디 있니?"

"잃어 버렸어요."

피노키오가 대답했습니다. 하지만 돈은 주머니에 들어 있었으므로 그건 거짓말이었습니다. 그런데 거짓말을 하자마자 안 그래도 기다란 코가 한 뼘이나 길어졌습니다.

"어디서 잃어 버렸는데?"

"근처 숲에서요."

두 번째 거짓말에 피노키오의 코가 더욱 길어졌습니다.

"근처에서 잃어 버렸다면 찾을 수 있을 거야. 저 숲에서 잃어 버린 건 금방 눈에 띄거든."

피노키오가 어쩔 줄 몰라 하며 말했습니다.

"아, 이제야 생각났어요! 돈은 잃어 버린 게 아니라 약을 마실 때 같이 삼켜 버렸어요."

세 번째로 거짓말을 하자 불쌍한 피노키오의 코가 고개도 못 돌릴 정도로 길어졌습니다. 이쪽으로 돌리면 코가 침대나 유리창에 부딪혔고, 저쪽으로 돌리면 벽이나 문에 부딪혔습니다. 고개를 조금이라도 들었다간 코가 요정의 눈을 찌를 정도였습니다.

요정이 피노키오의 모습을 보고는 웃음을 터뜨렸습니다.

엄청나게 늘어난 코 때문에 당황해하며 피노키오가 걱정스레 물었습니다.

"뭐가 그렇게 우스우세요?"

"네 거짓말 때문에 웃는 거란다."

"제가 거짓말한 걸 어떻게 아셨어요?"

"얘야, 거짓말은 쉽게 표가 난단다. 거짓말에는 다리가 짧아지는 거짓말과 코가 길어지는 거짓말, 두 가지가 있어. 그리고 너는 코가 길어지는 쪽이지."

피노키오는 너무 부끄러워 어디로든 숨어 버리고 싶었습니다. 하지만 방을 뛰쳐나가지 못했습니다. 코가 너무 길어 문을 빠져나갈 수가 없었던 것입니다.

18.
피노키오는 다시 여우와 고양이를 만나고,
함께 돈을 묻으러 기적의 밭으로 간다

　요정은 길어진 코 때문에 문을 빠져나가지 못해 울부짖는 피
노키오를 꼬박 삼십 분 동안이나 그냥 내버려 두었습니다. 따
끔하게 혼을 내서 거짓말하는 못된 버릇을 고쳐 줄 작정이었습
니다. 하지만 울어서 엉망이 된 얼굴과 튀어나온 두 눈을 보자
피노키오가 불쌍한 생각이 들었습니다. 그래서 요정은 손뼉을
쳤습니다. 그 소리에 천 마리나 되는 딱따구리들이 창으로 날
아들더니 피노키오의 코 위에 앉아 열심히 쪼아 대기 시작했습

니다. 그러자 순식간에 크고 우스꽝스럽던 코가 원래대로 줄어들었습니다.

피노키오가 눈물을 훔치며 말했습니다.

"요정님은 정말로 좋은 분이세요. 전 요정님을 너무도 사랑해요."

"나도 널 사랑한단다. 나랑 함께 있고 싶다면 내 동생이 되어 주지 않겠니? 난 좋은 누나가 되어 줄게."

"저도 그러고 싶어요. 하지만 아빠는 어쩌죠?"

"내가 다 생각해 놓았지. 아빠도 모든 걸 알고 계셔. 오늘 밤에 이리로 오실 거란다."

피노키오가 기뻐서 펄쩍 뛰며 외쳤습니다.

"정말이에요? 그럼, 요정님만 괜찮으시다면 아빠를 마중 나가겠어요. 저 때문에 고생하신 불쌍한 아빠를 조금이라도 빨리 만나 입을 맞춰 드리고 싶어요!"

"그럼 되고말고. 대신 길을 잃지 않도록 조심해라. 숲길로 가면 틀림없이 아빠를 만나게 될 거야."

피노키오는 곧 길을 떠났습니다. 그리고 숲에 이르자마자 사슴처럼 달리기 시작했습니다.

커다란 떡갈나무 앞에 거의 다 왔을 때, 피노키오가 걸음을 멈췄습니다. 덤불 속에서 무언가 움직이는 소리가 난 것 같았

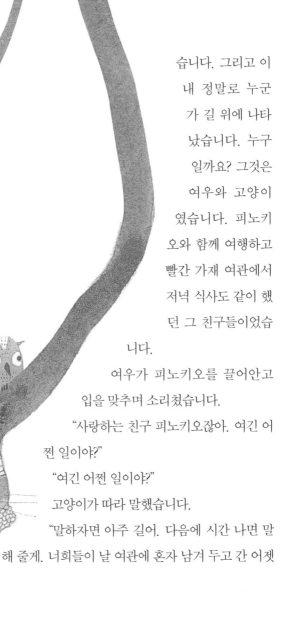

습니다. 그리고 이
내 정말로 누군
가 길 위에 나타
났습니다. 누구
일까요? 그것은
여우와 고양이
였습니다. 피노키
오와 함께 여행하고
빨간 가재 여관에서
저녁 식사도 같이 했
던 그 친구들이었습
니다.

여우가 피노키오를 끌어안고
입을 맞추며 소리쳤습니다.

"사랑하는 친구 피노키오잖아. 여긴 어
쩐 일이야?"

"여긴 어쩐 일이야?"

고양이가 따라 말했습니다.

"말하자면 아주 길어. 다음에 시간 나면 말
해 줄게. 너희들이 날 여관에 혼자 남겨 두고 간 어젯

밤에 길에서 강도를 만났다는 것만 알아 둬."

"강도라고? 이런, 불쌍한 피노키오! 강도들이 무슨 짓을 했는데?"

"내 금화를 뺏어 가려고 했어."

"나쁜 놈들!"

여우가 말했습니다.

"나쁜 놈들!"

고양이가 따라 말했습니다.

피노키오가 계속 말을 이었습니다.

"하지만 난 도망쳤어. 그런데 강도들이 날 쫓아와 붙잡고는 저 떡갈나무에 매달았어."

피노키오가 커다란 떡갈나무를 가리켰습니다. 여우가 말했습니다.

"이렇게 끔찍한 얘기는 생전 처음 들어 봐! 세상이 어떻게 돌아가는 거야? 우리같이 정직한 사람들이 마음 편히 살 곳은 어디일까?"

얘기를 주고받는 동안 피노키오는 고양이가 오른쪽 앞발을 절고 있다는 사실을 눈치챘습니다. 오른쪽 앞발은 발톱을 포함해 통째로 잘려 나가고 없었습니다.

피노키오가 고양이에게 물었습니다.

"그 발은 어떻게 된 거야?"

고양이는 무슨 대답이든 하고 싶었지만 너무 당황한 나머지 우물쭈물하기만 했습니다. 그러자 여우가 얼른 나섰습니다.

"이 친구가 너무 겸손해서 대답을 못하는 거야. 내가 대신 말해 줄게. 한 시간쯤 전에 우린 길에서 늙은 늑대 한 마리를 만났어. 배가 고파 쓰러지기 일보직전이었지. 우릴 보더니 먹을 걸 좀 달라더군. 하지만 우리도 생선 가시 하나 가진 게 없었거든. 그러자 마음 착한 이 친구가 어떻게 했는지 알아? 자기 앞발을 물어뜯어서 그 불쌍한 짐승에게 먹으라고 준 거야."

여우가 말을 마치며 눈물을 닦았습니다.

깊이 감동한 피노키오가 고양이에게 다가가 귓속말을 했습니다.

"세상 모든 고양이가 너만 같다면 쥐들이 얼마나 행복할까!"

여우가 피노키오에게 물었습니다.

"그런데 여기서 뭘 하는 거니?"

"아빠를 기다리는 중이야. 좀 있다 오실 거거든."

"그럼 금화는?"

"주머니에 있어. 빨간 가재 여관에서 하나 쓴 거는 빼고."

"그럼 내일이면 금화 네 개가 천 개, 아니 이천 개가 된다고 생각해 봐! 왜 내 말대로 기적의 밭에 돈을 묻으러 가지 않는 거야?"

"오늘은 안 돼. 다음에 갈게."

여우가 말했습니다.

"그때는 너무 늦어."

"왜?"

"어떤 부자가 그 땅을 샀거든. 내일이 지나면 아무도 돈을 묻을 수가 없게 된다고."

"기적의 밭이 여기서 얼마나 먼데?"

"삼 킬로미터도 안 돼. 우리랑 같이 안 갈래? 삼십 분이면 도착해. 가서 바로 금화를 묻으면 얼마 후에 이천 개가 생기는 거야. 그러면 저녁에는 주머니가 두둑해져서 집으로 돌아갈 수 있단 말이야. 같이 갈 거지?"

피노키오는 착한 요정과 늙은 아빠 그리고 말하는 귀뚜라미의 충고를 떠올렸습니다. 하지만 금세 생각도, 분별도 없는 아이들처럼 고개를 가로젓고는 여우와 고양이에게 말했습니다.

"가자! 너희들이랑 함께 갈게."

그리고 길을 떠났습니다.

한나절을 꼬박 걸어 셋은 '바보 속여 먹기'라는 곳에 도착했

습니다. 도시에 들어서자, 털이 숭숭 빠지고 배가 고파 입을 벌리고 있는 개들이 거리에 가득했습니다. 털을 깎인 양들은 추위에 벌벌 떨었고, 벼슬이 없는 수탉들은 옥수수 한 알갱이라도 달라며 구걸했습니다. 예쁜 날개를 팔아 버린 탓에 나비들은 날지를 못했고, 꼬리가 없는 공작들은 제 모습을 부끄러워했습니다. 그리고 꿩들은 영원히 잃어버린 아름다운 금빛, 은빛 깃털들을 아쉬워하며 느릿느릿 걸어 다녔습니다. 거지들과 창피해하는 동물들 사이로 이따금 여우나 도둑 까치, 독수리 같이 사나운 새들이 탄 멋진 마차가 지나가곤 했습니다.

피노키오가 물었습니다.

"기적의 밭은 어디 있어?"

"조금만 더 가면 돼."

셋은 도시를 가로지르고 성벽을 빠져나와 딱히 특별해 보이지 않는 외딴 밭에 도착했습니다.

여우가 말했습니다.

"다 왔다. 자, 먼저 손으로 작은 구덩이를 판 다음 그 안에 금화를 넣어."

피노키오가 시키는 대로 했습니다. 구덩이를 파고 남은 금화 네 개를 넣은 다음 흙으로 덮었습니다.

"이젠 저기 근처 연못에 가서 물을 한 양동이 떠와서 돈을 묻은 곳에다 뿌려."

피노키오는 연못에 갔지만 양동이가 없어서 낡은 신발에 물을 가득 담아 와 흙에 뿌렸습니다.

"또 뭘 해야 하지?"

"다 됐어. 이제 자리를 뜨는 거야. 이십 분 후에 돌아와 보면 땅 위에 작은 나무가 솟아나 있고 가지마다 돈이 주렁주렁 매달려 있을 거야."

불쌍한 피노키오는 기뻐서 어쩔 줄을 몰랐습니다. 여우와 고양이에게 몇 번이나 고맙다는 인사를 하며 보답으로 멋진 선물을 하겠다고 약속했습니다.

그러자 여우와 고양이가 대답했습니다.

"선물은 무슨 선물이야. 우린 힘들이지 않고 부자가 되는 방법을 너한테 가르쳐 준 것만으로도 만족해. 그것만으로도 더없이 행복하다고."

여우와 고양이는 피노키오에게 돈을 많이 따길 바란다며 작별 인사를 하고는 제 갈 길을 갔습니다.

19.
피노키오는 돈을 잃어버리고
넉 달 동안 감옥살이를 한다

    도시로 돌아온 피노키오는 일 분, 이 분 시간을 재기 시작했습니다. 이윽고 시간이 되자, 다시 기적의 밭으로 쏜살같이 달려갔습니다.

    있는 힘껏 달리는 동안 피노키오의 가슴은 똑딱똑딱 움직이는 괘종시계처럼 콩닥콩닥 뛰었습니다.

    "천 개가 아니라 이천 개가 열려 있으면 어쩌지? 이천 개가 아니라 오천 개라면? 오천 개가 아니라 만 개라면? 우와, 그럼 진짜 큰 부자가 되겠는걸! 근사한 집도 사고, 나무로 만든 말 천 마리에다 마구간도 천 개 만들고, 지하실엔 과일 음료수를 가득 채우고, 찬장엔 사탕, 파이, 케이크, 아몬드 비스킷, 크림 과자를 잔뜩 넣어 두는 거야!"

이렇게 혼자 중얼대는 사이 기적의 밭이 가까워졌습니다. 피노키오는 걸음을 멈추고 돈이 주렁주렁 매달린 나무가 보이는지 살폈습니다. 하지만 아무것도 보이지 않았습니다. 조금 더 가까이 가봐도 마찬가지였습니다. 밭으로 들어가 금화를 묻은 곳까지 가봤지만 역시 아무것도 없었습니다. 피노키오는 자리에 서서 곰곰이 생각에 잠겼습니다. 예의나 체면 따위도 잊고 주머니에서 손을 빼 머리를 벅벅 긁었습니다.

그때 어디선가 큰 웃음소리가 들렸습니다. 위를 올려다보니 커다란 앵무새 한 마리가 나무 위에 앉아 몇 개 남지 않은 깃털을 매만지고 있었습니다.

피노키오가 화를 내며 물었습니다.

"왜 웃는 거야?"

"깃털을 다듬다 겨드랑이 밑을 간질여서 그래."

피노키오는 아무 대꾸도 하지 않은 채 저수지로 가서 낡은 신발 가득 다시 물을 담아 금화가 묻힌 흙 위에 뿌렸습니다.

그러자 아까보다 더 기분 나쁜 웃음소리가 황량한 들판에 울려 퍼졌습니다.

피노키오가 화를 벌컥 내며 소리쳤습니다.

"야! 이 건방진 앵무새야, 뭣 때문에 그렇게 웃는지 이유나 좀 알자."

"말도 안 되는 소리를 철석같이 믿고, 자기보다 교활한 사람들한테 항상 속아 넘어가는 얼간이들 때문에 웃는다."

"설마 나를 두고 하는 말이니?"

"맞아, 불쌍한 피노키오야. 넌 콩이나 호박처럼 돈도 심으면 열매를 거둘 수 있다고 믿는 멍청이잖아. 하긴 나도 그런 소릴 믿은 적이 있었지. 그래서 지금 이렇게 고생을 하고 있는 거니까. 돈이란 정직하게 벌어야 한다는 사실을 안타깝게도 너무 늦게 깨달은 거지. 사람은 누구나 자기 몸을 움직이거나 머리를 써서 일하는 법을 배워야 한단다."

"무슨 말인지 모르겠어."

피노키오가 두려움에 몸을 떨며 말했습니다.

"진정해! 내가 쉽게 설명해 주지. 네가 도시에 가 있는 동안 여우와 고양이가 밭으로 돌아와서 네 돈을 파가지고 바람처럼 사라졌어. 웬만한 실력으론 그들을 잡기 힘들다고."

피노키오는 입을 쩍 벌리더니 앵무새가 한 말이 믿기지 않는다는 듯 땅을 파기 시작했습니다. 파고, 파고, 또 파서 건초

더미가 들어갈 만큼 구덩이가 커졌지만 금화는 나오지 않았습니다.

절망에 빠진 피노키오는 돈을 훔친 강도들을 고발하려고 도시에 있는 법원으로 달려갔습니다.

판사는 늙은 고릴라였습니다. 나이가 아주 많은데다 하얀 수염에, 무엇보다 알이 없는 금테 안경을 써서인지 더욱 위엄 있어 보였습니다. 하지만 사실은 수년 동안 앓아 온 눈병 때문에 안경을 항상 껴야만 했습니다.

판사 앞에 선 피노키오는 몹쓸 사기를 당하게 된 과정을 모두 털어놓았습니다. 사기꾼의 이름과 생김새를 빠짐없이 말하고는 처벌해 줄 것을 부탁했습니다.

판사는 피노키오의 이야기에 깊은 관심을 보이며 정성껏 귀를 기울였고 동정심을 나타냈습니다. 피노키오가 말을 마치자 판사는 손을 뻗어 종을 울렸습니다.

소리를 듣고 경찰복을 입은 사나운 개 두 마리가 나타났습니다. 판사는 피노키오를 가리키며 말했습니다.

"이 불쌍한 친구가 금화 네 닢을 도둑맞았다. 그러니 당장 감옥으로 끌고 가도록."

피노키오는 마른하늘에 날벼락 같은 판결에 어안이 벙벙했습니다. 항의를 하려고 했지만 경찰들이 말할 틈도 주지 않고

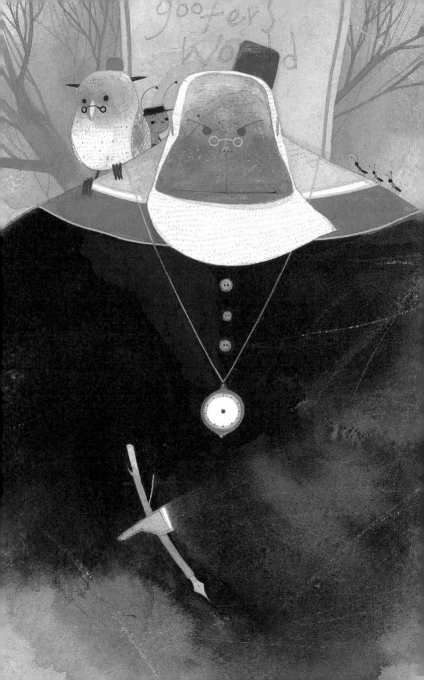

앞발로 피노키오의 입을 틀어막고는 감옥으로 끌고 갔습니다.

피노키오는 감옥에서 넉 달을 보냈습니다. 바보 속여 먹기 도시를 다스리던 젊은 황제가 전쟁에서 크게 승리했기에 망정이지 안 그랬다면 더 오래 있었을지도 몰랐습니다. 황제는 국민들에게 성대한 잔치를 벌이라고 명령했습니다. 화려한 불꽃이 하늘을 장식하여 온 도시가 환히 밝혀졌고, 경마와 자전거 대회가 열렸습니다. 그리고 무엇보다 먼저 감옥에 갇힌 죄인들을 모두 풀어 주라고 명령했습니다.

피노키오가 간수에게 말했습니다.

"다른 사람들이 다 나가니까 나도 나갈래요."

"안 돼. 넌 죄인이 아니잖아."

"죄송하지만. 저도 죄인이거든요."

"그렇다면 나가도 되겠군."

간수는 정중하게 모자를 벗어 인사를 한 뒤 감옥 문을 열고 피노키오를 보내 주었습니다.

20.

감옥에서 풀려난 피노키오는
요정의 집으로 떠나지만
도중에 무서운 뱀을 만나고 덫에도 걸린다

피노키오는 감옥에서 풀려나게 돼 얼마나 기뻤는지 모릅니다. 곧장 도시를 떠난 피노키오는 요정이 사는 작은 집을 향해 걸음을 옮겼습니다.

비가 계속 내린 탓에 땅이 진창으로 변해 무릎까지 푹푹 빠졌습니다. 하지만 피노키오는 포기하지 않고 나아갔습니다. 아빠와 파란 머리 요정을 다시 만나고 싶다는 간절한 마음으로 흙탕물을 뒤집어 써가며 사냥개처럼 껑충껑충 내달렸습니다.

피노키오는 달리면서 중얼거렸습니다.

"끔찍한 일이 너무 많았어! 하지만 그게 다 내가 황소처럼 고집을 부린 탓이니 그럴 만도 하지. 날 사랑하고, 나보다 몇천 배나 생각이 깊은 사람들의 말을 듣지 않고 항상 내 멋대로 하려고 했으니까. 하지만 앞으로는 달라질 거야. 말 잘 듣는 아이가 될 거야. 말 안 듣는 아이들은 절대로 성공하지 못하고 좋은 일도 생기지 않는다는 교훈을 배웠잖아. 아빠는 날 기다리고 계실까? 요정의 집에 가면 만날 수 있을까? 불쌍한 우리 아빠! 아빠를 못 본 지 너무 오래돼서 끌어안고 뽀뽀하고 싶어 미칠 것 같아. 요정님이 날 용서해 주실까? 얼마나 잘 보살펴 주고 친절하게 대해 주셨는데! 이렇게 살아 있는 것도 다 요정님 덕분인걸. 나처럼 은혜를 모르는 못된 아이가 또 있을까?"

한창 생각에 잠겨 있던 피노키오가 갑자기 깜짝 놀라 멈칫하더니 뒷걸음질을 쳤습니다.

피노키오는 무엇을 보았을까요?

그것은 길을 가로질러 길게 누워 있는 커다란 뱀 한 마리였습니다. 초록색 피부에 눈은 불같이 빨간데다 뾰족한 꼬리에서는 굴뚝처럼 연기가 솟았습니다.

얼마나 겁이 났는지 말도 못할 정도였습니다. 피노키오는 뒤로 멀찌감치 물러나 작은 돌무더기 위에 앉아 뱀이 길을 비킬

때까지 기다렸습니다.

한 시간, 두 시간, 세 시간을 기다렸습니다. 하지만 뱀은 꼼짝도 하지 않았습니다. 멀리서도 이글이글 타는 눈과 꼬리에서 뭉글뭉글 피어오르는 연기 기둥이 보였습니다.

피노키오는 마침내 용기를 내어 뱀에게 다가갔습니다. 그리고 부드럽고 상냥하게 말했습니다.

"뱀 선생님, 죄송하지만 제가 지나갈 수 있게 한쪽으로 조금만 비켜 주시면 안 될까요?"

하지만 물어보나 마나였습니다. 뱀은 입도 벙긋하지 않았습니다. 피노키오는 다시 한 번 부드러운 소리로 말했습니다.

"뱀 선생님, 제가 집에 가야 하거든요. 아빠가 절 기다리고 계세요. 못 본 지 엄청 오래됐다고요! 좀 지나가게 해주세요."

피노키오는 무슨 대답이라도 들을까 기다렸지만 아무런 답이 없었습니다. 오히려 그때까지 생생해 보이던 뱀이 움직이지도 않고 뻣뻣하게 굳어진 듯했습니다. 눈이 감겼고, 꼬리에서는 연기도 나지 않았습니다.

'죽었나 봐.'

피노키오가 뛸 듯이 기뻐하며 손바닥을 비볐습니다. 그리고는 조용히 뱀을 뛰어넘어 가려고 했습니다. 하지만 그 순간 갑자기 뱀이 용수철처럼 펄쩍 몸을 일으켰습니다. 깜짝 놀란 피노키오는 뒤로 물러서다가 그만 비틀거리며 넘어지고 말았습니다.

볼썽사납게도 머리는 진창에 박히고 다리만 공중에서 버둥거리는 꼴이었습니다.

진창 속에 거꾸로 처박힌 채 열심히 헛발질을 해대는 피노키오의 모습을 본 뱀이 미친 듯 웃음을 터뜨렸습니다. 뱀은 웃고, 웃고, 또 웃다가 그만 심장이 터져 죽고 말았습니다.

피노키오는 해가 지기 전에 요정의 집에 도착하려고 다시 부지런히 달리기 시작했습니다. 그러다 배고픔을 참지 못하고 포도 몇 송이를 따먹으려고 밭 울타리를 뛰어넘었습니다. 하지만 그러지 말았어야 했습니다!

포도밭에 다다랐을 때, 철컥하는 소리와 함께 피노키오의 다리가 날카로운 덫에 걸렸습니다. 얼마나 아프던지 별이 머리 위에서 빙글빙글 돌고 하늘이 노래 보일 지경이었습니다. 불쌍한 피노키오는 닭을 잡아먹는 덩치 큰 족제비를 잡기 위해 농부가 쳐놓은 덫에 걸려들고 말았습니다.

21.
농부에게 잡힌 피노키오는
닭장을 지키는 개 신세가 된다

피노키오는 비명을 지르며 울부짖기 시작했습니다. 하지만 아무런 소용이 없었습니다. 주변에는 집 한 채 없었고, 길에도 개미 새끼 한 마리 지나가지 않았습니다.

어느덧 밤이 되었습니다.

피노키오는 덫에 끼인 다리가 아프기도 하고 깜깜한 밤에 들판 한가운데 혼자 있다는 사실이 무서워서 거의 정신을 잃을 지경이었습니다.

반딧불이 한 마리가 머리 위로 날아가자 피노키오가 얼른 말을 붙였습니다.

"반딧불이야, 이 고통에서 날 구해 줄 수 없겠니?"

그러자 반딧불이가 불쌍하다는 듯 피노키오를 바라보았습니다.

"가엾기도 해라! 어쩌다가 날카로운 덫에 걸렸니?"

"포도를 좀 따려고 밭에 들어갔다가 그만……."

"네 포도밭이니?"

"아니……."

"네 것도 아닌 물건을 가져도 된다고 누가 그러디?"

"배가 고파서……."

"이봐, 배가 고프다고 남의 물건에 손을 대면 안 되지."

"맞아, 맞아. 앞으로 다시는 안 그럴 거야."

그때 누군가 다가오는 발자국 소리에 대화가 끊겼습니다. 그 것은 다름 아닌 포도밭 주인이었습니다. 밤에 닭을 잡아먹는 족제비가 덫에 걸렸나 보려고 발끝으로 살금살금 다가왔던 것입니다.

포도밭 주인은 외투에서 등을 꺼내 비춰 보다 족제비 대신 웬 아이가 잡혀 있는 걸 보고 깜짝 놀랐습니다.

농부가 화를 내며 말했습니다.

"이런 좀도둑 같으니라고! 우리 집 닭을 잡아간 게 바로 네놈이었구나!"

피노키오가 흐느끼며 말했습니다.

"아니에요. 제가 아니에요. 전 그저 포도를 따먹으려고 밭에 들어온 것뿐이라고요!"

"포도를 훔치는 사람은 나중에 닭도 훔치는 법이야. 오냐! 절대 잊어버리지 않게 본때를 보여 주마."

농부는 덫을 풀고 피노키오의 목덜미를 움켜잡고는 양을 잡아끌 듯 집으로 끌고 갔습니다.

그러고는 집 앞마당에 도착하자마자 피노키오를 바닥에 내팽개치더니 발로 목을 누르며 말했습니다.

"오늘은 늦었으니 그만 자고 내일 두고 보자꾸나. 마침 집 지키던 개가 오늘 죽었으니 네가 대신 그 일을 해야겠다. 네가 우리 집 경비견이 되는 거야."

농부는 피노키오 목에 날카로운 놋쇠가 촘촘히 박힌 묵직한 개목걸이를 씌우고는 빠지지 않도록 단단히 조였습니다. 개목걸이에 달린 긴 쇠사슬이 벽에 튼튼하게 고정되어 있었습니다.

농부가 말했습니다.

"밤에 비가 오거든 저 개집에 들어가도록 해. 불쌍한 우리 집

개가 사 년 동안 깔고 자던 짚이 있으니까. 귀를 쫑긋 세우고 있다가 도둑이 들어오면 짖는 거 잊지 말도록."

말을 마친 농부가 집 안으로 들어가 문을 잠갔습니다. 혼자 남은 불쌍한 피노키오는 추위와 배고픔과 무서움에 지칠 대로 지쳐 마당에 누웠습니다.

피노키오는 이따금 목걸이에 손가락을 집어넣어 목을 문지르며 울먹였습니다.

"난 이래도 싸! 모두 내 탓이야! 아무짝에도 쓸모없는 떠돌이가 되려고 했잖아. 나쁜 친구들 말을 들으니 항상 나쁜 일이 생기는 거야. 내가 다른 아이들처럼 착했다면, 불쌍한 아빠 곁에만 있었다면, 지금 이렇게 외로운 곳에서 농부 집을 지키는 개가 되진 않았을 텐데. 아, 다시 태어날 수만 있으면 얼마나 좋을까! 하지만 이젠 너무 늦었어. 견디는 수밖에!"

진심 어린 푸념을 늘어놓다 보니 어느새 마음이 조금 가라앉았습니다. 피노키오는 개집으로 들어가 잠이 들었습니다.

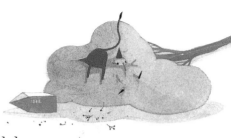

22.
도둑을 잡은 피노키오는
집을 잘 지킨 대가로 풀려난다

피노키오는 두 시간이 넘게 단잠을 잤습니다. 그러다 자정
무렵, 마당에서 들리는 듯한 수상한 소리에 잠을 깼습니다. 피
노키오가 개집 밖으로 코를 내밀고 살펴보니 시커먼 고양이 같
아 보이는 짐승 네 마리가 보였습니다. 하지만 그것은 달걀과
병아리 고기를 유난히 좋아하는 족제비들이었습니다. 그중 한
마리가 개집 앞으로 다가와 나지막이 말했습니다.

"안녕, 멜람포!"

"난 멜람포가 아냐."

피노키오가 대꾸했습니다.

"그럼 넌 누구니?"

"피노키오야."

"거기서 뭘 하고 있어?"

"집을 지키고 있지."

"멜람포는 어디 갔어? 이 개집에서 살던 늙은 개 말이야."

"오늘 아침에 죽었어."

"죽었다고? 안됐구나! 정말 착한 녀석이었는데. 하지만 너도 보아하니 좋은 개 같구나."

"미안하지만 난 개가 아니야!"

"그럼 뭔데?"

"꼭두각시야."

"그런데 개처럼 집을 지키고 있다고?"

"애처롭게도 벌을 받는 중이야!"

"흠, 그렇다면 늙은 멜람포 녀석에게 했던 것과 똑같은 제안을 하지. 분명히 마음에 들 거야."

"그게 뭔데?"

"우리는 일주일에 한 번씩 마당에 와서 닭 여덟 마리를 잡아갈 거야. 그중 일곱 마리는 우리가 먹고, 한 마리는 네 몫으로 주지. 대신 넌 우리가 여기 있는 동안 자는 척하는 거야. 절대로 농부를 깨우거나 짖어선 안 돼."

"지금까지 멜람포가 그랬단 말이야?"

"그럼! 우리가 얼마나 손발이 잘 맞았는데. 자, 이제 조용히 자. 그러면 내일 아침 식사로 털 뽑은 닭 한 마리를 갖다 줄 테니. 무슨 말인지 알아듣겠지?"

"알아듣고말고."

피노키오가 '두고 보면 알 거야!' 라고 말하듯 단호하게 고개를 끄덕였습니다.

마음을 놓은 족제비들이 곧 개집 옆에 있는 닭장으로 갔습니다. 그러고는 이빨과 발톱으로 나무 문을 연 다음, 하나둘 안으로 들어갔습니다. 그런데 모두 들어가자마자 큰 소리와 함께 문이 닫혀 버렸습니다.

문을 닫은 것은 바로 피노키오였습니다. 피노키오는 만일을 위해 문 앞에 큰 돌까지 가져다 놓았습니다.

그러고는 개처럼 짖기 시작했습니다.

"왈왈! 왈왈!"

소리를 들은 농부가 침대에서 벌떡 일어나 총을 들고 창가로 와서는 소리쳤습니다.

"무슨 일이야?"

"도둑이 들었어요!"

"어디 있어?"

"닭장 안에요."

"당장 나가마."

정말 눈 깜짝할 사이에 농부가 나왔습니다. 닭장으로 간 농부는 족제비 네 마리를 잡아 자루에 넣고는 싱글거리며 말했습니다.

"네놈들이 이제야 잡혔구나! 내가 직접 본때를 보여줄 수도 있지만 난 그렇게 잔인한 사람이 아니야. 대신 여관집 주인한테 갖다주마. 그럼 토끼 요리하듯 네놈들의 껍질을 벗겨 맛있는 음식을 만들겠지. 네놈들한테는 그것도 영광이겠지만, 나같이 너그러운 사람들은 그런 자질구레한 일엔 신경 쓰지 않을 만큼 워낙에 통이 커서 말이야."

그러고는 피노키오에게 다가가 머리를 쓰다듬으며 말했습니다.

"도둑이 든 걸 어떻게 알았니, 내 충실한 개 멜람포는 한 번도 알아차리지 못했는데?"

피노키오는 개와 족제비 사이에 있었던 부끄러운 약속에 대해 농부에게 사실대로 말할 수도 있었습니다. 하지만 개가 이미 죽었다는 사실이 떠올랐습니다.

'죽은 개의 잘못을 일러바쳐서 뭐 하겠어? 이미 죽고 없는데, 조용히 내버려 두는 게 제일 낫지.'

농부가 계속해서 물었습니다.

"저 놈들이 들어왔을 때 넌 깨어 있었니, 자고 있었니?"

"자고 있었어요. 하지만 족제비들이 떠드는 소리에 잠을 깼지요. 한 마리가 개집 앞으로 다가오더니, '짖지 않고 주인을 깨우지 않으면 통통한 닭 한 마리를 털까지 뽑아서 줄게.' 하고 말했어요. 생각해 보세요, 얼마나 뻔뻔스러운지! 제가 꼭두각시이고 잘못도 많이 저지르긴 했지만, 도둑들이랑 한패가 되거나 훔친 물건을 나눠 갖진 않아요!"

농부가 피노키오의 어깨를 토닥이며 말했습니다.

"장하구나, 애야! 그런 생각을 하다니 기특해. 그 보답으로 널 풀어 줄 테니 이제 집으로 돌아가거라."

그러고는 피노키오의 목에서 개 목걸이를 풀어 주었습니다.

23.

아름다운 파란 머리 소녀가
죽었다는 소식에 눈물을 흘린 피노키오는
우연히 만난 비둘기의 도움으로 바닷가로 가게 되었고,
아빠를 구하기 위해 바다에 뛰어든다

무겁고 수치스러운 개 목걸이에서 풀려나자마자 피노키오는 들판을 가로질러 달리기 시작했습니다. 요정의 집으로 가는 길목에 이를 때까지 잠시도 멈추지 않았습니다.

길에 들어서자 피노키오는 걸음을 멈추고 주변을 둘러보았습니다. 운 나쁘게 여우와 고양이를 만났던 곳이 똑똑히 보였습니다. 목이 매달렸던 커다란 떡갈나무가 있는 숲도 보였습니다. 하지만 아무리 둘러보아도 사랑스런 파란 머리 소녀가 사는 작은 집은 보이지 않았습니다.

　불길한 예감이 든 피노키오는 있는 힘껏 달려 하얀 집이 있던 자리에 금방 이르렀습니다. 하지만 하얀 집은 없었습니다. 그 대신 슬픈 문구가 새겨진 조그맣고 하얀 대리석이 눈에 띄었습니다.

사랑하는 동생 피노키오에게
버림받은 고통으로 죽은
파란 머리 소녀 여기 잠들다.

　묘비명을 한 자 한 자 읽어 내려가는 피노키오의 마음이 어땠을지는 여러분의 상상에 맡기겠습니다. 피노키오는 바닥에 쓰러져 차가운 비석에 수없이 입을 맞추며 눈물을 펑펑 흘렸습니다. 밤이 새도록 울었습니다. 눈물이 말라 더 이상 나오지 않아도 날이 샐 때까지 울고 또 울었습니다. 가슴을 뒤흔드는 피노키오의 슬픈 울음소리가 주변 언덕에 가득 울려 퍼졌습니다.

　피노키오가 울면서 말했습니다.

　"아, 사랑하는 요정님, 왜 돌아가셨나요? 저같이 나쁜 아이는 죽지 않고 왜 착하디착한 요정님이 돌아가신 건가요? 아빠는 어디에 있나요? 요정님, 이디 가아 아빠를 만날 수 있는지 말씀해 주세요. 아빠와 영원히 함께 살고 싶어요. 두 번 다시 떠나지 않을 거예요. 사랑하는 요정님, 죽은 게 아니라고 말씀해 주세요. 절 정말 사랑하신다면, 요정님의 동생을 사랑하신다면 다시 살아나세요. 예전처럼 제게 돌아와 주세요. 모두에게 버림받고 이렇게 혼자 남아 있는 제가 안쓰럽지도 않나요? 강도가 다시 나타나 제 목을 매달 거예요. 그럼 전 영원히 죽는다고요. 저 혼자서 이 세상을 어떻게 살아요? 이제 요정님도, 아빠도 없는데 누가 절 보살펴 주나요? 잠은 어디서 자나요? 누가 저한테 새 옷을 줄까요? 아, 차라리 죽어 버리는 게 백 번 낫겠어요! 그래요, 저도 죽고 싶어요! 엉엉!"

절망에 빠진 피노키오는 머리카락을 쥐어뜯으려고 했습니다. 하지만 나무로 만들어진 탓에 손가락 하나 집어넣을 수 없었습니다.

그때 하늘을 날아가던 커다란 비둘기 한 마리가 날개를 쫙 펴고 멈추더니 피노키오에게 물었습니다.

"얘, 거기서 뭘 하는 거니?"

"보면 몰라? 울고 있잖아!"

피노키오가 소리 나는 쪽으로 고개를 돌리며 웃옷으로 눈물을 닦았습니다.

"혹시 네 친구 중에 피노키오라는 꼭두각시가 있니?"

피노키오가 벌떡 일어서며 소리쳤습니다.

"피노키오? 지금 피노키오라고 그랬니? 내가 피노키오야!"

피노키오의 대답에 비둘기가 얼른 땅으로 내려앉았습니다. 덩치가 칠면조보다 훨씬 컸습니다.

"그럼 제페토 할아버지도 알겠구나?"

"아느냐고? 그분은 우리 아빠야! 아빠가 너한테 내 얘기를 했니? 아빠한테 날 데려다 줄래? 아직 살아 계시지? 제발 빨리 대답해 봐. 살아 계신 거 맞지?"

"사흘 전에 바닷가에서 만났어."

"거기서 뭘 하고 계셨어?"

"바다를 건널 거라며 작은 배를 만들고 있었어. 그 불쌍한 노인은 널 찾으러 석 달이 넘도록 이곳저곳을 떠돌고 있었어. 그런데 아무리 돌아다녀도 널 찾지 못하자 멀리 다른 나라로 가기로 결심하셨던 거지."

"여기서 바닷가까지 얼마나 머니?"

"천 킬로미터쯤 돼."

"천 킬로미터라고? 아, 비둘기야, 나도 너처럼 날개가 있다면 얼마나 좋을까!"

"가고 싶으면 내가 데려다 줄게."

"어떻게?"

"내 등에 올라타면 돼. 너 많이 무겁니?"

"무겁냐고? 천만에! 난 깃털처럼 가벼워."

피노키오는 말이 끝나기가 무섭게 말을 타듯 다리를 벌리고 비둘기의 등에 껑충 올라탔습니다. 그러고는 기쁘게 소리쳤습니다.

"이랴, 이랴, 한시가 급하니 어서 날아라, 작은 말아!"

비둘기가 날갯짓을 하자 금세 구름에 닿을 만큼 솟구쳐 올랐습니다. 하늘 높이 오른 피노키오는 궁금증이 일어 아래를 보

았습니다. 하지만 어찌나 무섭고 어질어질하던지 떨어지지 않
으려고 깃털 달린 말의 목을 꼭 끌어안았습니다. 피노키오와
비둘기는 하루를 꼬박 날았습니다.

　저녁 무렵이 되자 비둘기가 말했습니다.

　"나 목이 너무 말라!"

　피노키오가 거들었습니다.

　"난 배가 너무 고파."

　"그럼 저 비둘기 집에 잠시 들렀다 가자. 그러면 새벽쯤엔 바
닷가에 도착할 거야."

　둘은 버려진 비둘기 집으로 들어갔습니다. 집 안에는 물 한

대야와 씨가 가득 든 바구니만 있었습니다.

피노키오는 속이 느글거릴 거라는 생각에 지금껏 한 번도 씨를 먹어 본 적이 없었습니다. 하지만 그날 저녁엔 그것도 모자랄 판이었습니다. 바구니가 텅 비자 피노키오가 말했습니다.

"씨가 이렇게 맛있는 줄 예전엔 미처 몰랐어."

"배가 고파 죽겠는데 먹을 게 없다면 씨도 꿀맛처럼 느껴지는 법이야. 찬밥 더운밥 가릴 형편이 아니니까."

부지런히 요기를 한 둘은 다시 길을 떠났습니다. 그리고 다음 날 아침 바닷가에 도착했습니다.

비둘기는 피노키오를 내려 주자마자 고맙다는 인사도 받지 않은 채 얼른 멀리 날아가 버렸습니다.

바닷가에는 바다를 바라보며 소리 지르고 손짓하는 사람들로 가득했습니다.

피노키오가 한 할머니에게 물었습니다.

"무슨 일이 났나요?"

"자식을 잃은 불쌍한 아버지가 아들을 찾겠다며 배를 타고 바다를 건너고 있단다. 그런데 파도가 너무 심해서 배가 뒤집힐 것 같구나."

"배가 어디 있는데요?"

"바로 저기, 내 손가락이 가리키는 곳을 보렴."

할머니가 작은 배를 손가락으로 가리켰습니다. 하도 멀어서 호두 껍데기 속에 아주 작은 사람이 타고 있는 듯 보였습니다.

유심히 쳐다보던 피노키오가 귀청이 찢어질 듯 소리를 질렀습니다.

"아빠예요! 우리 아빠예요!"

작은 배는 성난 파도에 휩쓸려 완전히 사라졌다가 다시 떠오르기를 반복했습니다. 피노키오는 높은 바위 위에 서서 아빠의 이름을 수없이 부르며 손짓을 하고 모자와 손수건을 열심히 흔들어 댔습니다.

거리가 아주 멀긴 했지만 제페토 할아버지도 아들을 알아보았는지 모자를 흔들며 육지로 돌아가겠다는 신호를 보냈습니다. 하지만 파도가 너무 거세서 노를 저어도 별 소용이 없었습니다.

갑자기 산더미 같은 파도가 밀려오더니 배가 순식간에 사라져 버렸습니다. 사람들은 배가 다시 나타나기를 기다렸습니다.

"불쌍한 양반 같으니라고!"

바닷가에 모여 있던 어부들이 말했습니다. 그러고는 기도를 중얼거리며 하나둘 집으로 몸을 돌렸습니다.

그때 갑자기 절망에 찬 외침이 들렸습니다. 어부들이 고개를 돌려 보니, 한 아이가 바위에서 바다로 몸을 던지며 울부짖

는 모습이 눈에 들어왔습니다.

"아빠를 구해야 해!"

피노키오는 나무로 만들어져 물에 쉽게 떠올랐고 물고기처럼 헤엄쳐 나아갔습니다. 사람들은 피노키오가 파도에 휩쓸려 가라앉았다가 다시 떠오르는 모습을 지켜보았습니다. 멀리 피노키오의 팔다리가 보였다 말았다 하더니 마침내 완전히 사라져 버렸습니다.

"불쌍한 꼬마 같으니라고!"

바닷가에 모여 있던 어부들이 말했습니다. 그러고는 기도를 중얼거리며 집으로 돌아갔습니다.

24.
'부지런한 꿀벌 마을'에 도착한 피노키오는
요정을 다시 만난다

피노키오는 불쌍한 아빠를 제때 구할 수 있기를 바라며 밤새 도록 헤엄을 쳤습니다.

얼마나 끔찍한 밤이었는지 모릅니다! 비가 억수같이 쏟아지고, 우박과 함께 천둥이 콰르릉 울어 대고, 번개 빛에 세상이 대낮처럼 환했습니다.

이윽고 아침이 밝아 올 무렵, 저 멀리 길게 뻗은 육지가 보였습니다. 바다 한가운데 떠 있는 섬이었습니다.

피노키오는 해안에 닿으려
고 열심히 헤엄을 쳤습니다.
하지만 지푸라기나 나뭇가
지라도 된 듯 거센 파도에
이리저리 밀려다니기만 할

뿐이었습니다. 그러다 불행 중 다행히도
엄청나게 큰 파도가 피노키오를 실어 바닷가 모래사장에다 내
동댕이쳤습니다. 어찌나 충격이 크던지 갈비뼈며 온 뼈마디가
덜거덕거렸습니다. 하지만 피노키오는 이렇게 말하며 마음을
달랬습니다.

"이번에도 기적같이 살아났어!"

천천히 구름이 걷히며 태양이 찬란하게 모습을 드러냈고 바
다도 잔잔하게 가라앉았습니다.

피노키오는 햇볕에 옷을 말리려고 모래 위에 펼쳐 놓은 뒤
아빠가 탄 작은 배가 보이지 않나 드넓은 바다 이쪽저쪽을 찬
찬히 훑었습니다. 하지만 아무리 둘러봐도 보이는 거라곤 하
늘과 바다 그리고 너무 멀어 파리만 해 보이는 돛단배 몇 척뿐
이었습니다.

"이 섬 이름이라도 알면 얼마나 좋을까! 아이들을 나무에 매
다는 그런 나쁜 사람들이 사는 곳은 아니어야 할 텐데! 하지만

물어볼 사람조차 없으면 어쩌지?"

아무도 살지 않는 곳에 혼자 있다는 생각이 들자 피노키오는 우울한 마음에 눈물이 쏟아질 것만 같았습니다. 그 순간 바닷가 가까이로 큰 물고기 한 마리가 지나가는 모습이 보였습니다. 물고기는 물 밖으로 머리를 내민 채 한가롭게 헤엄을 치고 있었습니다.

피노키오는 물고기 이름이 뭔지 몰라 큰 소리로 이렇게 말을 건넸습니다.

"안녕하세요, 물고기님. 한 가지 물어봐도 될까요?"

"두 가지라도 괜찮아."

그 물고기는 바다에서 흔히 볼 수 없는 아주 친절한 돌고래였습니다.

"혹시 이 섬에 제가 잡아먹힐 걱정 없이 음식을 먹을 만한 마을이 있나요?"

"있고말고. 여기서 그리 멀지 않아."

"어느 쪽이죠?"

"왼쪽 길로 똑바로 가면 돼. 찾기 쉬워."

"한 가지만 더 물어볼게요. 물고기님은 하루 종일 바다를 누비시잖아요. 혹시 다니시다가 우리 아빠가 탄 작은 배를 본 적이 없나요?"

"너희 아빠가 누군데?"

"세상에서 제일 좋은 아빠예요. 전 세상에서 제일 못된 아들이고요."

"지난밤에 폭풍우가 심하게 몰아쳐서 가라앉았을 거야."

"그럼 우리 아빠는요?"

"오래전부터 이 근처에 커다란 상어가 나타나 뭐든지 닥치는 대로 집어삼키고 있으니 너희 아빠도 상어 밥이 되었을걸."

피노키오가 두려움에 벌벌 떨며 물었습니다.

"상어가 아주 크나요?"

"크냐고? 글쎄, 한마디로 오 층짜리 집보다 더 크다고나 할까. 거기다 입은 기차를 통째로 집어삼킬 만큼 넓고 깊지."

"그럴 수가!"

깜짝 놀란 피노키오가 재빨리 옷을 주워 입고는 돌고래를 보며 말했습니다.

"안녕히 계세요, 물고기님. 귀찮게 해드려 죄송합니다. 그리고 친절을 베풀어 주셔서 정말 고맙습니다."

피노키오는 거의 뛰다시피 서둘러 오솔길을 내려갔습니다. 그리고 작은 소리만 들려도 오 층짜리 집만한 덩치에 기차를 한입에 삼키는 무시무시한 상어가 쫓아오는 건 아닌지 겁이 나 몇 번이고 뒤를 돌아보았습니다.

그렇게 삼십 분을 걸어 부지런한 꿀벌 마을에 도착했습니다.

거리에는 저마다 바쁘게 움직이는 사람들로 가득했습니다. 모두들 뭔가 일을 하고 있었습니다. 빈둥거리는 사람은 눈을 씻고 찾아봐도 없었습니다.

게으름뱅이 피노키오가 중얼거렸습니다.

"나하고는 확실히 맞지 않는 곳이야. 난 태어날 때부터 일이랑 거리가 먼 사람이거든."

하지만 하루가 지나도록 아무것도, 콩 한 알조차 먹지 못한 피노키오는 배가 몹시 고팠습니다.

어떻게 하지? 음식을 얻으려면 두 가지 방법밖에 없었습니다. 일을 하든가 돈이나 빵을 구걸하든가.

하지만 구걸은 너무 창피했습니다. 아빠가 구걸은 늙은 사람이나 장애인만 하는 거라고 여러 번 말했기 때문입니다. 세상에서 남의 도움이나 동정을 받아도 되는 불쌍한 사람들이란 늙거나 병들어 제 손으로 밥벌이를 할 수 없는 그런 사람들이라고 말입니다. 일은 누구나 해야 하며, 일을 하지 않아 배를 곯는 것만큼 한심한 일도 없는 법입니다.

바로 그때, 한 남자가 숨을 헐떡이며 옆을 지나갔습니다. 남자는 석탄을 가득 실은 수레 두 대를 끙끙거리며 끌고 있었습니다.

얼굴을 보니 착한 사람 같았습니다. 피노키오는 남자에게 다가가 부끄러운 듯 눈을 내리깔고는 작은 소리로 말했습니다.

"배가 너무 고파서 그러는데, 한 푼만 주시면 안 될까요?"

"이 수레를 우리 집까지 끌고 가면 한 푼이 아니라 두 푼이라도 주지."

피노키오는 기분이 상했습니다.

"기가 막혀서! 난 당나귀가 아니에요! 수레 같은 건 끌지 않는다고요!"

석탄 장수가 말을 받았습니다.

"오냐! 그럼 배가 고파 죽겠거들랑 쓸데없는 네 자존심이나 뜯어 먹으렴. 소화불량에 걸리지 않게 조심하고!"

잠시 뒤, 벽돌공이 어깨에 석회 한 자루를 짊어지고 지나갔습니다.

"선생님, 배고프고 불쌍한 아이에게 동전 한 푼만 주시면 안 될까요?"

"주고말고. 나랑 함께 석회를 나르자꾸나. 그러면 한 푼이 아니라 다섯 푼이라도 주마."

"하지만 석회는 너무 무겁잖아요. 전 힘든 일은 싫은걸요."

"얘야, 힘든 일이 하기 싫다면 배고픔을 실컷 즐겨 보렴!"

삼십 분도 안 돼 스무 명이 지나갔습니다. 피노키오는 그때마다 구걸을 했지만 대답은 한결같았습니다.

"부끄럽지도 않니? 길에서 구걸하지 말고 스스로 일을 해서 돈을 벌어!"

마지막으로 친절해 보이는 한 아가씨가 물통 두 개를 들고 나타났습니다.

목이 몹시 말랐던 피노키오가 말했습니다.

"친절한 아가씨, 물통에 든 물 한 모금만 마셔도 될까요?"

그러자 아가씨가 물통을 내려놓으며 대꾸했습니다.

"그래, 마시렴."

피노키오가 벌컥벌컥 물을 들이켜고는 입술을 닦으며 중얼 거렸습니다.

"이제 갈증은 가셨어. 배도 채울 수 있으면 얼마나 좋을까!"

착한 아가씨가 이 말을 듣고는 말했습니다.

"물통 하나를 집까지 들어 주면 너한테 커다란 빵 한 조각을 줄게."

하지만 피노키오는 물통만 내려다볼 뿐 아무런 대답이 없었 습니다.

그러자 아가씨가 덧붙였습니다.

"빵과 함께 올리브 기름과 식초를 뿌린 맛있는 꽃양배추 샐 러드도 한 접시 줄게."

피노키오는 다시 한번 물통을 보았지만 이렇다 저렇다 말은 하지 않았습니다.

"샐러드를 다 먹고 나면 달콤한 과자도 줄게."

마지막 유혹의 말에 피노키오는 더 이상 버티지 못하고 대답했습니다.

"그렇다면 좋아요! 집까지 물통을 들어다 주겠어요."

물통은 말도 못하게 무거웠습니다. 손으로는 도저히 들 수 없어 머리에 이고 가야만 했습니다.

집에 도착하자 착한 아가씨는 이미 준비된 작은 식탁 앞으로 피노키오를 안내했습니다. 그리고 빵과 샐러드와 과자를 내놓았습니다.

피노키오는 제대로 씹지도 않은 채 음식을 집어삼키듯 먹어 치웠습니다. 피노키오의 뱃속은 몇 달 동안 아무도 살지 않은 텅 빈 집 같았습니다.

어느 정도 허기가 가시자 피노키오는 은인에게 감사의 인사를 하려고 고개를 들었습니다. 하지만 착한 아가씨의 얼굴을 본 순간, 피노키오는 너무 놀라 "아아아아!" 하는 소리만 길게 내뱉었습니다. 포크를 들고 입에는 빵과 샐러드를 가득 문 채 마법에라도 걸린 듯 눈을 둥그렇게 떴습니다.

착한 아가씨가 웃으면서 물었습니다.

"왜 그러니?"

피노키오가 우물거렸습니다.

"그게…… 그러니까…… 아가씨를 보니까 생각나는 사람이 있어서…… 목소리도…… 눈도…… 머리도…… 그래요, 아가씨도 그분처럼 머리가 파란색이군요! 아, 요정님, 요정님 맞죠? 진짜 요정님이시죠? 절 더 이상 울리지 마세요! 제가 얼마나 많이 울었는데요. 얼마나 가슴 아팠는데요!"

피노키오는 바닥에 꿇어앉아 두 팔로 신비한 아가씨를 끌어안으며 서럽게, 서럽게 울기 시작했습니다.

25.

꼭두각시로 사는 데 지친 피노키오는
요정에게 진짜 어린이가 되고 싶다며 앞으로 공부도 하고
착해지겠다고 약속한다

착한 아가씨는 파란 머리 요정이 아니라며 처음엔 고개를 저었습니다. 하지만 피노키오가 이미 눈치 챈 것을 알고는 더 이상 속이고 싶지 않아 사실을 인정했습니다.

"말썽꾸러기 피노키오야, 날 어떻게 알아본 거니?"

"요정님을 너무 사랑하니까요."

"기억나니? 네가 떠났을 때만 해도 난 소녀였잖아. 그런데 지금은 엄마뻘이 될 만큼 어른이 되었어."

"누나 대신에 엄마라고 부를 수 있어 전 너무 좋아요. 언제나 다른 아이들처럼 엄마가 있기를 바랐거든요. 하지만 어떻게 그렇게 빨리 어른이 됐어요?"

"그건 비밀이란다."

"가르쳐 주세요! 저도 자라고 싶어요. 절 보세요! 늘 이렇게 똑같기만 하잖아요."

"하지만 넌 자랄 수가 없어."

"왜요?"

"나무 인형은 자라지 않아. 나무 인형으로 태어나면 나무 인형으로 살다가 나무 인형으로 죽는 거야."

피노키오가 제 머리를 마구 치면서 소리쳤습니다.

"꼭두각시로 사는 건 너무 지겨워요! 다른 아이들처럼 진짜 사람이 되고 싶어요!"

"그만한 자격이 되면 너도 사람이 될 수 있어."

"정말요? 어떻게 하면 되는데요?"

"아주 쉬워. 착한 아이가 되면 돼."

"그 말씀은 제가 착한 아이가 아니란 뜻인가요?"

"물론이지! 착한 아이는 말을 잘 듣지만, 너는……."

"절대로 안 들어요."

"착한 아이는 일도 공부도 열심히 하는데, 너는……."

"매일 빈둥거리며 돌아다니기나 해요."

"착한 아이는 항상 참말만 하는데……."

"전 늘 거짓말만 해요."

"착한 아이는 학교에 가는 걸 좋아하는데……."

"전 학교만 생각하면 머리가 아파 와요. 하지만 오늘부턴 마음을 고쳐먹을게요."

"약속하는 거니?"

"약속해요. 착한 아이가 되어서 아빠를 기쁘게 해드리고 싶어요. 그런데 불쌍한 아빠는 어디 계시나요?"

"나도 모르겠구나."

"아빠를 다시 볼 수 있을까요?"

"나도 그러길 바란다. 아니, 틀림없이 만나게 될 거야."

이 말을 들은 피노키오는 기쁨에 겨운 나머지 요정의 손에 마구 입을 맞추었습니다. 그러고는 사랑이 가득 담긴 눈으로 요정을 올려다보며 말했습니다.

"엄마, 말씀해 주세요. 그때 돌아가신 거 아니었지요?"

요정이 미소 지으며 말했습니다.

"아마 그랬을 거야."

"'파란 머리 소녀 여기 잠들다.'라고 쓰인 묘비명을 읽고, 제가 얼마나 가슴 아프고 슬펐는지 아세요?"

"알고 있단다. 그래서 널 용서한 거야. 진심으로 후회하는 모습을 보고 네가 마음이 착한 아이라는 걸 알았거든. 마음이 착한 아이는 말썽을 피우고 나쁜 짓을 하더라도 새 사람이 될 희망이 있는 법이란다. 내가 여기까지 널 찾아온 것도 다 그 때문이야. 이젠 내가 엄마가 되어 줄게."

피노키오가 기뻐서 펄쩍펄쩍 뛰며 소리쳤습니다.

"이야, 신난다!"

"항상 엄마 말 잘 듣고, 시키는 대로 해야 한다."

"네, 그럼요! 그래야죠! 그럴 거예요!"

"내일부터 학교에 다니는 거다."

순간 피노키오의 들뜨던 기분이 착 가라앉았습니다.

"그리고 네가 배우고 싶은 기술이나 일을 찾아보는 거야."

피노키오가 얼굴을 찡그렸습니다.

"뭐라고 구시렁대는 거니?"

요정이 화를 내며 물었습니다.

"학교에 가기엔 너무 늦은 게 아닌가 싶어서요."

피노키오가 투덜거렸습니다.

"그렇지 않아, 얘야. 무언가를 배우거나 공부하는 데 정해진 때는 없는 법이란다."

"하지만 전 기술도 일도 배우고 싶지 않아요."

"왜?"

"전 일하는 게 싫거든요."

"애야, 그렇게 말하는 사람은 대부분 병원이나 감옥에서 죽고 말아. 부자든 가난뱅이든 사람은 일단 태어나면 세상에서 자기가 할 일을 찾아야 해. 누구나 일을 해야 한다고. 게으른 사람은 불행해질 수밖에 없어. 게으름은 아주 고약한 병이라서 어릴 때 고치지 않으면 평생 못 고친단다."

요정의 말에 피노키오의 마음이 움직였습니다. 피노키오가 고개를 들고는 말했습니다.

"공부도 하고 일도 할게요. 엄마가 하라는 대로 다 할게요. 꼭두각시로 사는 건 너무 지겨워요. 사람이 되는 일이라면 뭐든지 하겠어요. 진짜 어린이가 될 수 있다고 분명히 약속하신 거예요, 맞죠?"

"그래, 약속했어. 이제부턴 너 하기 나름이야."

26.

피노키오는 학교 친구들과 함께
무서운 상어를 보러 바닷가로 간다

다음 날, 피노키오는 학교로 갔습니다. 나무 인형이 등교하는 모습을 본 개구쟁이 친구들의 반응은 난리도 아니었습니다. 아이들의 깔깔대는 웃음소리가 끝도 없이 이어졌습니다. 어떤 아이는 모자를 벗기고, 또 어떤 아이는 뒤에서 웃옷을 잡아당겼습니다. 피노키오의 코밑에 잉크로 수염을 그리려는 아이가 있는가 하면, 손과 발에 끈을 묶어 춤을 추게 하려는 아이도 있었습니다.

피노키오는 처음엔 모르는 체했습니다. 하지만 결국엔 참지 못하고 심술궂게 골려 대는 아이들을 돌아보며 무섭게 쏘아붙였습니다.

"조심해! 난 너희들 놀림감이 되려고 학교에 온 게 아니야! 내가 너희를 존중하듯 너희도 날 존중해 줘."

"그래, 너 잘났다! 꼭 책에서처럼 말하는구나!"

개구쟁이 친구들이 더욱 크게 웃어 댔습니다. 그중에서 특히 짓궂은 아이 하나가 손을 뻗어 피노키오의 코를 잡으려고 했습니다.

하지만 손이 닿기도 전에 먼저 피노키오가 탁자 밑으로 다리를 뻗어 아이의 정강이를 냅다 걷어찼습니다.

"아얏! 무슨 발이 이리도 딱딱해?"

아이가 멍든 다리를 문지르며 소리를 질렀습니다.

짓궂게 놀려 대다 피노키오에게 배를 얻어맞은 다른 아이도 거들었습니다.

"팔꿈치는 또 어떻고? 발보다 더 단단하다니까!"

이렇게 몇 번 차이고 팔꿈치로 맞고 난 후에야 아이들은 피노키오를 함부로 대하지 않고 좋아하게 되었으며 친구로 받아들였습니다.

선생님까지도 피노키오가 주의 깊고, 똑똑하며, 열심히 공부하고, 학교에도 제일 먼저 와서 제일 늦게 집으로 돌아간다고 칭찬을 했습니다.

한 가지 흠이 있다면 친구가 너무 많다는 점이었습니다. 그 중에는 공부하기 싫어하고 빈둥대기만 하는 아이들도 여럿 있었습니다. 그래서 선생님은 피노키오에게 매일 주의를 주었고, 착한 요정도 당부의 말을 잊지 않았습니다.

"조심해라, 피노키오! 나쁜 친구들과 어울리다 보면 책과 멀어지기 십상이야. 엄만 네가 나쁜 길로 빠질까 걱정이구나."

"아이, 그럴 일 없어요!"

그때마다 피노키오는 어깨를 으쓱하며 제 이마를 손가락으로 가리키곤 했습니다. 마치 '저도 이젠 뭐가 옳고 그른지 안다고요!' 라고 말하는 듯했습니다.

그러던 어느 날, 피노키오는 학교 가는 길에 친구 몇 명을 만났습니다.

한 친구가 물었습니다.

"끝내주는 소식 들었니?"

"무슨 소식?"

"근처 바다에 산처럼 큰 바다 상어가 나타났대."

"우와! 그렇다면 우리 아빠가 물에 빠졌을 때 있던 그 상어일지도 모르겠다."

"우린 지금 상어 보러 바닷가에 갈 건데, 너도 갈래?"

"난 안 돼! 학교에 가야지."

"뭐 하러? 학교는 내일 가도 되잖아. 하루 공부 더 한다고 뭐가 달라지는데? 어차피 모르는 건 마찬가진데."

"하지만 선생님이 뭐라 그러실걸?"

"마음대로 하라지. 선생님은 원래 온종일 잔소리거리만 찾아다니는 게 일이야."

"그럼 우리 엄마는?"

그러자 못된 친구들이 대답했습니다.

"엄마들은 절대 모르게 돼 있어."

"나도 그 상어를 봐야 할 이유가 있으니 가긴 갈 거야. 하지만 수업 마치고 나중에 갈 거야."

"이런 멍청이! 그렇게 큰 물고기가 널 계속 기다려 줄 줄 아니? 한자리에 있는 게 싫증나면 다른 데로 가버릴 거라고. 그럼 끝이야!"

"바닷가까지 얼마나 걸리는데?"

"한 시간이면 갔다 올 수 있어."

"그렇다면 가자! 제일 빨리 달리는 사람이 일등이다!"

피노키오가 소리쳤습니다.

출발 신호와 함께 아이들은 책과 공책을 옆에 끼고 들판을 가로질러 달리기 시작했습니다. 피노키오는 발에 날개라도 달린 듯 다른 아이들을 성큼 앞질렀습니다.

피노키오는 이따금 뒤를 돌아보며 따라오는 친구들을 놀렸습니다. 먼지를 뽀얗게 뒤집어쓴 채 혀를 쭉 빼고 헐떡이는 친구들을 보며 배꼽이 빠져라 웃어 댔습니다. 불쌍한 피노키오는 그 순간 얼마나 큰 불행과 재앙이 자신을 기다리고 있는지 꿈에도 몰랐습니다.

27.

피노키오와 친구들 사이에 한바탕 몸싸움이 벌어져
한 명이 다치고 피노키오는 경찰에게 잡혀간다

바닷가에 도착하자마자 피노키오는 주변을 둘러보았습니다. 하지만 상어는 보이지 않았습니다. 바다는 커다란 거울처럼 매끈하기만 했습니다.

피노키오가 친구들을 돌아보며 물었습니다.

"상어는 어디 있어?"

한 친구가 웃으며 대답했습니다.

"아침 먹으러 갔나 보지."

다른 아이가 더 크게 웃으며 말했습니다.

"아니면 낮잠이라도 자러 갔던가."

어처구니없는 친구들의 대답과 바보 같은 웃음소리를 듣고서야 피노키오는 모든 게 친구들이 꾸민 장난이었으며, 자신이 그 거짓말에 속아 넘어갔다는 사실을 깨달았습니다. 피노키오는 화가 치밀어 올랐습니다.

"도대체 왜 상어 얘기를 지어낸 거야?"

"재미있잖아!"

나쁜 친구들이 입을 모아 말했습니다.

"뭐가 그렇게 재미있어?"

"우린 네가 학교에 가지 않고 여기 함께 오길 바랐거든. 매일 바르고 규칙적으로 생활하는 게 부끄럽지도 않니? 그렇게 열심히 공부하는 게 부끄럽지도 않아?"

"내가 열심히 공부하든 말든 너희가 무슨 상관이야?"

"선생님이 우리한테는 관심을 안 주시거든."

"무슨 말이야?"

"너같이 열심히 공부하는 애들 때문에 우리는 눈에 띄지도 않는단 말이야. 우린 그게 싫어. 우리도 자존심이 있다고!"

"그럼 너희를 위해 내가 어떻게 해야 하는데?"

"너도 우리처럼 하면 돼. 우리의 3대 원수인 학교와 수업과 선생님을 싫어하는 거야."

"만약 내가 공부를 계속한다면?"

"그러면 너랑은 끝인 거지. 그리고 언젠가 그 값을 톡톡히 치르게 해줄 테야!"

피노키오가 고개를 절레절레 흔들었습니다.

"너희 정말 웃기는구나."

그러자 덩치 큰 아이가 앞으로 나서며 말했습니다.

"조심해, 피노키오! 건방 떨지 마. 잘난 체 말라고. 우리가 무섭지 않나 본데, 우리도 너 따윈 하나도 겁나지 않아. 넌 혼자고 우린 일곱이라는 사실을 잊지 마."

피노키오가 웃으며 대꾸했습니다.

"일곱 명의 꼴통들이로군."

"다 들었지? 저 자식이 우릴 모욕했어. 우리더러 꼴통이래!"

"피노키오, 사과해! 안 그러면 큰코다칠 줄 알아!"

피노키오가 손가락을 쫙 펴서 코에다 갖다 대며 놀렸습니다.

"메롱!"

"피노키오, 너 가만 안 둔다!"

"메롱!"

"당나귀처럼 두들겨 팰 거야!"

"메롱!"

"코를 부러뜨려 버릴 거야!"

"메롱!"

그러자 제일 용감한 아이가 외쳤습니다.

"내가 그 입을 다물게 해주지. 저녁으로 이거나 한 방 먹어라!"

말이 끝나기가 무섭게 아이가 피노키오의 머리에 주먹을 날렸습니다.

하지만 '오는 게 있으면 가는 게 있다.'는 말처럼, 피노키오도 기다렸다는 듯 주먹으로 맞받아쳤고, 싸움은 삽시간에 걷잡을 수 없이 커지고 말았습니다.

피노키오는 혼자였지만 영웅처럼 잘 맞서 싸웠습니다. 단단한 나무 다리를 요리조리 휘둘러 적들이 가까이 오지 못하게 했습니다. 발이 닿는 곳마다 쉽게 아물지 않을 시퍼런 멍 자국을 남겨 주었습니다.

피노키오에게 다가가지도 못한 채 잔뜩 화가 난 아이들은 다른 방법을 생각해 냈습니다.

아이들은 가방을 열어 피노키오에게 책을 던지기 시작했습니다. 국어책, 문법책, 사전, 지리책 등등 가리지 않고 손에 잡히는 대로 마구 던져 댔습니다. 하지만 눈치 빠른 피노키오가 날쌔게 피하는 바람에 책들은 피노키오의 머리 위를 지나 바닷속으로 모두 빠지고 말았습니다.

아니나 다를까, 물고기들이 먹이인 줄 알고 떼로 몰려들었습니다. 하지만 책 표지나 속 종이 한두 장을 맛보고는,'우리가 먹는 게 이것보다 백배는 나아!'라고 말하듯 입에 든 것을 얼른 뱉어 냈습니다.

아이들의 싸움은 점점 격렬해졌습니다. 그때 커다란 게 한 마리가 물 밖으로 고개를 내밀고 바닷가 모래밭으로 올라오더니 감기 걸린 트럼펫 같은 목소리로 고함을 질렀습니다.

"그만둬, 이 못된 놈들아! 아이들 싸움은 항상 좋게 끝나는 법이 없어. 꼭 안 좋은 일이 생긴다니까!"

불쌍한 게!

차라리 지나가는 바람에게 설교하는 편이 나았으련만. 나쁘기로 따지자면 다른 아이들 못지않은 피노키오가 거칠게 쏘아 붙였습니다.

"닥쳐, 이 재수 없는 게야! 목감기 약이나 드시지! 가서 발 닦고 잠이나 자란 말이야!"

그사이 가지고 있는 책을 몽땅 던져 버린 아이들이 바닥에 떨어진 피노키오의 가방을 순식간에 낚아챘습니다.

피노키오의 책 중에는 두꺼운 종이 표지에, 책등과 모서리를 가죽으로 덧댄 책이 한 권 있었습니다. 얼마나 무겁고 큰지 말도 못할 정도였습니다.

그런데 어떤 아이가 그 책을 집어 들고는 피노키오의 머리를 향해 있는 힘껏 던졌습니다. 하지만 책은 피노키오가 아닌 다른 아이의 머리에 정통으로 맞고 말았습니다.

맞은 아이가 얼굴이 하얘지더니 마구 소리를 질렀습니다.

"아이고, 엄마, 살려 주세요! 저 죽어요!"

그러고는 모랫바닥 위에 널브러져 버렸습니다.

겁에 질린 아이들은 순식간에 도망쳐 사라졌습니다.

피노키오만 그곳에 남았습니다. 너무 놀라고 무서워 정신이 없었지만, 바닷물에 손수건을 적셔 가여운 친구의 이마를 닦아 주었습니다. 그러고는 펑펑 눈물을 흘리며 친구의 이름을 불렀습니다.

"에우제니오, 불쌍한 에우제니오, 눈을 떠서 날 좀 봐! 대답을 해보라고! 내가 그런 게 아냐! 믿어 줘, 내 잘못이 아니야. 눈을 떠봐, 에우제니오. 그렇게 눈을 감고 있으니 나까지 죽을 것 같아! 아, 어쩌면 좋아. 무슨 낯으로 엄마 얼굴을 다시 보지? 난 이제 어떻게 될까? 어디에 숨어 있어야 하지? 아, 그냥 학교에 가는 게 백 번 천 번 나았을 텐데! 왜 나쁜 친구들의 말을 들었던 걸까? 말썽에 휘말릴 게 뻔했는데. 선생님도 엄마도 하나같이 나쁜 친구를 조심하라고 말씀하셨는데. 난 고집불통에 멍청이야. 늘 내 멋대로만 굴었어. 그래서 이렇게 벌을 받는 거야. 태어날 때부터 지금까지 쭉 이 모양이야. 한순간도 제대로 산 적이 없었어. 아, 난 이제 어떻게 되는 걸까?"

피노키오는 울면서 넋두리를 했고, 제 머리를 쥐어박으며 친구의 이름을 불렀습니다. 그때 갑자기 발자국 소리가 들렸습니다. 고개를 돌려 보니 경찰관 두 명이 서 있었습니다.

"바닥에 앉아서 뭘 하고 있니?"

"친구를 돌보고 있어요."

"어디 아프니?"

"그런 것 같아요."

"이런, 아픈 정도가 아닌데!"

몸을 굽혀 에우제니오를 가까이 살펴보던 경찰관이 말했습니다.

"이마에 상처가 났구나. 누가 그랬지?"

"저, 전 아니에요."

피노키오가 깜짝 놀라며 더듬거렸습니다.

"네가 아니라면 누가 그런 거냐?"

"전 아니에요."

"뭐에 맞았지?"

"이 책이요."

피노키오는 딱딱한 종이와 가죽으로 된 수학책을 집어 경찰관에게 보여 주었습니다.

"이 책은 누구 거니?"

"제 거예요."

"확실하군. 더 말할 것도 없어. 일어나 우리와 함께 가자!"

"하지만 전……."

"따라와!"

"전 죄가 없어요."

"따라오라니까!"

자리를 뜨기 전에 경찰관들은 배를 타고 바닷가 근처를 지나가던 어부들을 불러 말했습니다.

"여기 다친 아이를 당신들에게 맡길 테니 집에 데려가서 잘 돌봐 주시오. 우리는 내일 다시 오겠소."

그런 다음 피노키오를 중간에 세우고는 군인처럼 명령을 내렸습니다.

"앞으로 가! 빨리 걷지 않으면 가만 두지 않겠다!"

피노키오는 군말 없이 마을을 향해 걸음을 옮겼습니다. 불쌍한 피노키오는 일이 어떻게 되어가고 있는지 도통 알 수가 없었습니다. 아주 끔찍한 꿈을 꾸고 있는 듯했습니다. 거의 제정신이 아니었습니다. 세상이 둘로 보이고, 다리가 후들거리고, 혓바닥이 입천장에 찰싹 달라붙어 한 마디도 할 수가 없었습니다. 하지만 두렵고 당황스런 와중에도 경찰관들과 함께 착한 요정의 집 앞을 지나가야 한다는 생각이 들자 가슴이 미어지듯 아팠습니다. 차라리 죽어 버리는 게 나을 것 같았습니다.

세 사람이 막 마을에 들어섰을 때, 갑자기 불어온 바람에 피노키오의 모자가 저만치 날아가 버렸습니다.

피노키오가 경찰관들에게 물었습니다.

"모자를 주워 와도 되나요?"

"좋아. 얼른 갔다 와."

피노키오는 모자를 집어 들었습니다. 하지만 머리에 쓰는 대신 이빨로 꽉 물고는 바다 쪽으로 쏜살같이 도망을 쳤습니다.

경찰관들은 피노키오를 붙잡기 어렵다고 판단하고는 달리기경주에서 일등을 놓친 적이 없는 커다란 사냥개를 풀어 피노키오의 뒤를 쫓게 했습니다. 피노키오는 열심히 달렸지만 개만큼 빠르지는 못했습니다. 이 숨 가쁜 추격전이 어떻게 끝나는지 보려고 마을 사람들이 창가나 거리로 달려 나왔습니다.

하지만 피노키오와 개가 일으키는 뿌연 먼지 탓에 이내 아무것도 보이지 않게 되었습니다.

28.
그물에 걸린 피노키오는
생선 튀김이 될 위기에 처한다

　맹렬하게 달리던 피노키오는 한순간 모든 게 끝이라는 생각이 들었습니다. 알리도로라는 사냥개는 피노키오를 거의 다 따라잡은 듯했습니다.

　바로 등 뒤에서 개의 헐떡거리는 숨소리가 들렸습니다. 거의 몇 센티미터밖에 떨어져 있지 않아 뜨거운 숨결까지 느껴질 정도였습니다.

　하지만 다행히도 바닷가 근처에 다다랐고, 몇 걸음만 더 가면 바다였습니다.

피노키오는 바닷가에 도착하자마자 개구리처럼 펄쩍 몸을 날려 물속으로 뛰어들었습니다. 알리도로는 그 자리에서 멈추고 싶었지만, 달려오던 힘을 이기지 못해 덩달아 바다에 빠지고 말았습니다. 불행히도 헤엄을 칠 줄 몰랐던 알리도로는 물 밖으로 코를 내밀려고 안간힘을 다해 발을 버둥거렸습니다. 하지만 발버둥을 치면 칠수록 더 가라앉기만 했습니다.

간신히 물 위로 고개를 내민 알리도로의 눈은 거의 튀어나올 지경이었습니다.

"나 죽는다. 나 죽어!"

"그럼 빠져 죽어!"

이제 거리도 벌어졌겠다, 위험에서 벗어났다는 생각이 든 피노키오가 대꾸했습니다.

"도와줘, 피노키오! 제발 살려 줘!"

원래 마음씨가 착한 피노키오는 개가 절망적으로 울부짖는 소리를 듣자 불쌍한 생각이 들었습니다. 그래서 개를 보며 말했습니다.

"내가 널 구해 주면 뒤쫓아 오거나 귀찮게 하지 않겠다고 약속할 거야?"

"약속할게! 약속해! 제발 빨리 구해줘. 금방이라도 죽을 것 같아!"

피노키오는 잠시 망설였습니다. 그 순간, 착한 일을 해서 손해 보는 사람은 없다는 아빠의 말씀이 떠올랐습니다. 피노키오는 알리도로에게 헤엄쳐 간 다음 두 손으로 꼬리를 잡고 모래밭까지 안전하게 끌어냈습니다.

불쌍한 개는 제대로 서 있지도 못했습니다. 자기도 모르는 사이에 짠 바닷물을 잔뜩 들이켠 탓에 몸이 풍선처럼 빵빵하게 불어났습니다. 그래도 피노키오는 완전히 마음이 놓이지 않아 다시 바다로 뛰어들었습니다.

피노키오는 바닷가에서 멀리 헤엄쳐 가며 자기가 목숨을 구해 준 친구를 향해 소리쳤습니다.

"안녕, 알리도로! 잘 가. 가족들한테도 안부 전해 줘."

"잘 가, 피노키오! 구해줘서 정말 고마워. 너한테 큰 신세를 졌어. 착한 일을 하면 보답을 받는 법이란다. 널 잊지 않을게."

피노키오는 바닷가 주위를 계속 헤엄쳤습니다. 마침내 안전해 보이는 곳에 이르렀습니다. 해변을 둘러보니 바위들 사이에 동굴이 하나 있고, 그 안에서 연기가 모락모락 새어 나오고 있었습니다.

피노키오가 중얼거렸습니다.

"동굴 안에 불을 피워 놓았나 봐. 정말 잘됐어! 따뜻하게 몸을 말릴 수 있겠다. 그 다음엔? 그 다음은 두고 봐야지, 뭐."

마음을 정한 피노키오는 바위 쪽으로 헤엄쳐 갔습니다. 하지만 막 바위를 오르려는 순간, 물속에서 뭔가가 솟아오르더니 피노키오를 공중으로 들어 올렸습니다. 빠져나오려고 했지만 때는 이미 늦었습니다. 정신을 차리고 보니 놀랍게도 커다란 그물 안이었습니다. 각양각색의 수많은 물고기들이 미친 듯 펄떡거리는 그 속에 피노키오도 함께 잡힌 것이었습니다.

그때 바다 괴물처럼 생긴 어부가 동굴에서 나왔습니다. 머리에는 머리카락 대신 잎이 무성한 초록색 덤불이 나 있었습니다. 피부도 초록색, 눈도 초록색, 땅바닥까지 길게 늘어진 수염도 초록색이었습니다. 마치 두 발로 서 있는 거대한 초록 도마뱀 같았습니다.

어부가 바다에서 그물을 끌어 올리며 기쁘게 소리쳤습니다.

"고맙기도 하지! 오늘도 물고기를 배불리 먹을 수 있겠어!"

피노키오가 기운을 내며 중얼거렸습니다.

"내가 물고기가 아니라서 정말 다행이야."

어부는 물고기로 가득 찬 그물을 어둡고 연기 나는 동굴 속으로 들고 갔습니다. 동굴 가운데 놓인 커다란 프라이팬 안에서 기름이 펄펄 끓고 있었는데, 그 냄새가 어찌나 지독한지 숨도 못 쉴 정도였습니다.

"자, 이제 뭐가 잡혔나 한번 볼
까!"

초록색 어부가 솥뚜껑처
럼 크고 우악스런 손을 그
물 속에 집어넣어 숭어를 꺼냈
습니다.

"먹음직한 숭어로구먼!"

어부가 숭어를 보며 기대에 찬 표정으로 킁킁 냄
새를 맡았습니다. 그러더니 물도 없는 냄비에다 숭어를 던져
넣었습니다.

어부는 이런 행동을 여러 번 되풀이했습니다. 그리고 물고
기를 꺼낼 때마다 군침을 흘리며 기분 좋게 말했습니다.

"오동통한 대구 납시오!"

"싱싱한 정어리오!"

"토실토실 살 오른 게 대령이오!"

"팔팔한 멸치로구먼!"

예상했겠지만 대구, 정어리, 게, 멸치는 모두 냄비로 직행해
숭어와 한데 뒤섞였습니다.

이제 그물에 남은 건 피노키오뿐이었습니다.

피노키오를 끄집어 낸 어부는 깜짝 놀라서 초록색 눈을 크게

뜨며 외쳤습니다.

"이건 무슨 물고기야? 지금껏 한 번도 먹어 본 적이 없는걸!"

어부는 피노키오를 몇 번이나 꼼꼼히 살피더니 마침내 결론을 내렸습니다.

"알겠다. 게가 틀림없구먼."

게라는 말에 기분이 상한 피노키오가 화를 내며 쏘아붙였습니다.

"게라니요? 제대로 알고 말씀하셔야죠! 난 꼭두각시란 말이에요."

"꼭두각시? 솔직히 꼭두각시 물고기는 처음 들어 보는걸. 차라리 잘됐다! 내가 널 맛있게 먹어 주마."

"날 먹는다고요? 내가 물고기가 아니라는 말 못 들었어요? 당신처럼 말도 하고 생각도 하는 게 안 보여요?"

"맞는 말이야. 그렇다면 나처럼 말도 하고 생각도 할 줄 아는 물고기에게 특별 대접을 해줘야겠군."

"특별 대접이요?"

"우정과 존중의 표시로, 너를 어떻게 요리하면 좋을지 직접 선택할 기회를 주지. 프라이팬에 넣어 튀겨 줄까? 아니면 토마토소스를 넣어 푹 끓여 줄까?"

"솔직히 나한테 선택권이 있다면 집으로 돌아갈 수 있게 풀어 달라고 말하겠어요."

"농담도 잘하는구나! 너같이 보기 드문 물고기를 맛볼 기회를 내가 놓칠 것 같아? 꼭두각시 물고기는 매일 잡히는 게 아니거든. 그냥 나한테 맡겨. 다른 물고기들과 함께 프라이팬에 넣어 튀겨 줄게. 너도 아주 마음에 들 거야. 친구들과 함께 튀겨지면 아무래도 위로가 되는 법이거든."

불쌍한 피노키오는 어부의 말에 울음을 터뜨리며 소리를 질렀습니다.

"학교에 갔더라면 얼마나 좋았을까? 친구들의 말을 들어 이렇게 벌을 받는 거야! 엉엉엉!"

피노키오가 뱀장어처럼 몸을 꿈틀거리며 어부의 손에서 빠져나가려고 버둥대자, 어부는 긴 갈대 줄기로 피노키오의 손과 발을 소시지처럼 칭칭 감고는 다른 물고기들이 든 냄비에 던져 넣었습니다.

그런 다음 어부는 밀가루가 가득 든 나무 그릇을 가져와 그 안에 물고기들을 몽땅 넣고는 이리저리 굴리며 밀가루 옷을 입혔습니다. 그러고는 재빨리 프라이팬에다 집어넣었습니다.

제일 먼저 끓는 기름 속에서 춤을 춘 것은 불쌍한 대구였습니다. 그리고 게, 정어리, 넙치, 멸치가 뒤를 이었습니다. 마침내 피노키오의 차례가 되었습니다. 끔찍한 죽음을 눈앞에 둔 피노키오의 몸이 부들부들 떨렸습니다. 너무 무서운 나머지 살려 달라는 말조차 나오지 않았습니다.

불쌍한 피노키오는 그저 애원의 눈빛만 보낼 뿐이었습니다. 하지만 초록색 어부는 아예 쳐다볼 생각도 않고 피노키오를 밀가루에 대여섯 번 굴렸습니다. 밀가루를 흠뻑 뒤집어쓴 피노키오는 마치 석고로 만든 꼭두각시 같았습니다. 이윽고 어부가 피노키오의 머리를 잡았습니다. 그러고는……

29.

요정은 집으로 돌아온 피노키오에게
다음날이면 진짜 어린이가 될 거라고 약속한다

어부가 피노키오를 프라이팬에 던져 넣으려는 순간, 커다란 개 한 마리가 맛있는 튀김 냄새에 이끌려 동굴로 뛰어들었습니다.

어부는 밀가루 범벅이 된 피노키오를 손에 든 채 개에게 소리쳤습니다.

"저리 꺼져!"

하지만 불쌍한 개는 배가 너무 고픈 탓에 마치 '물고기 한 입만 주면 갈게요.'라고 애원하듯 꼬리를 살랑살랑 흔들어 댔습니다.

"저리 꺼지라고 했지!"

어부가 되풀이해서 말하며 개를 걷어차려고 했습니다.

하지만 배가 고픈 개는 그러거나 말거나 어부에게 날카로운
이빨을 드러내며 으르렁댔습니다.

그때 동굴 안에서 희미한 목소리가 들렸습니다.

"알리도로, 구해줘! 안 그러면 난 튀김이 되고 말 거야!"

개는 대번에 피노키오의 목소리란 걸 알아챘습니다. 그리고
어부의 손에 들려 있는 밀가루 덩어리에서 그 소리가 나온다는
사실을 알고는 깜짝 놀랐습니다.

개가 어떻게 했을까요? 개는 몸을 훌쩍 날려 밀가루 덩어리
를 입으로 낚아채어 조심스레 물고는 동굴 밖으로 번개처럼 달
아났습니다.

어부는 그토록 먹고 싶던 물고기를 뺏겨 버리자 불같이 화를
내며 개를 뒤쫓았습니다. 하지만 몇 걸음도 못 가 기침이 심하
게 터져 나오는 바람에 동굴로 되돌아가야만 했습니다.

알리도로는 마을로 접어드는 길에 이르자 걸음을 멈추고 피
노키오를 조심스레 바닥에 내려놓았습니다.

"뭐라고 고맙다는 인사를 해야 할지 모르겠어."

"고마워할 것 없어. 넌 내 생명의 은인이잖아. 오는 정이 있

으면 가는 정도 있는 법이지. 세상은 이렇게 서로 도우며 살아야 하는 거야."

"동굴엔 어떻게 온 거니?"

"모래밭에 기진맥진해서 누워 있는데 바람결에 생선 튀김 냄새가 솔솔 나는 거야. 그 냄새를 맡으니 식욕이 불끈 솟아나서 거기까지 끌려갔던 거야. 내가 조금만 늦었더라면……."

"그만해!"

피노키오가 몸서리를 치며 고함을 질렀습니다.

"얘기하지 마! 네가 조금이라도 늦게 왔다면 지금쯤 난 튀김이 되어 어부에게 먹힌 다음 소화까지 돼버렸을 거야. 으으으! 생각만 해도 소름 끼쳐!"

알리도로가 웃으며 피노키오에게 오른발을 내밀었습니다. 둘은 우정의 표시로 진심 어린 악수를 나눈 뒤 헤어졌습니다.

알리도로는 집으로 돌아갔고, 혼자 남은 피노키오는 근처 오두막으로 갔습니다. 피노키오는 문 앞에 앉아 있는 노인에게 물었습니다.

"할아버지, 혹시 머리를 다친 에우제니오라는 불쌍한 아이를 보셨어요?"

"어부들이 이 오두막으로 데려왔었지. 그런데 지금은……."

피노키오가 슬픈 목소리로 말했습니다.

"지금은 죽었단 말이군요."

"아니야, 살아 있어. 벌써 집으로 돌아갔는걸."

"정말요? 진짜죠?"

피노키오가 기뻐서 껑충껑충 뛰며 소리쳤습니다.

"그러니까 상처가 심한 건 아니었군요?"

"큰일 날 뻔했지. 하마터면 죽었을지도 몰라. 묵직한 책에 머리를 맞았으니까."

"누가 던졌대요?"

"학교 친구라던데. 이름이 피노키오라지."

"피노키오가 누구예요?"

피노키오가 시치미를 떼고 물었습니다.

"아주 못된 떠돌이에 아무짝에도 쓸모없는 말썽꾸러기라 하더구나."

"거짓말이에요! 모두 거짓말이에요!"

"피노키오를 아니?"

"본 적이 있어요."

"네가 보기엔 어떻더냐?"

"열심히 공부하려고 하는 아주 착한 아이 같았어요. 말도 잘 듣고, 아빠와 가족을 사랑하는 그런 아이요."

피노키오는 이렇게 거짓말을 하며 코를 만져 보았습니다. 어느새 코가 한 뼘이나 자라 있었습니다. 잔뜩 겁에 질린 피노키오가 소리를 질렀습니다.

"아니에요, 아니에요, 제 말을 믿지 마세요! 전 피노키오를 잘 알아요. 아주 못된 아이예요. 게으르고, 말 안 듣고, 학교에 가는 대신 나쁜 친구들이랑 어울려 다니고요."

말을 마치기가 무섭게 코가 원래대로 줄어들었습니다.

노인이 불쑥 물었습니다.

"그런데 넌 왜 그렇게 하얗니?"

"모르고 방금 회칠한 벽에 몸을 비볐거든요."

피노키오는 생선처럼 튀겨지려고 밀가루 옷을 입은 거라고 사실대로 말하기가 부끄러웠습니다.

"그러면 웃옷이랑 바지랑 모자는 어떻게 된 거냐?"

"도둑을 만나 몽땅 뺏겼어요. 혹시 집에 돌아갈 수 있게 헌 옷 좀 얻을 수 있을까요?"

"얘야, 여기엔 콩을 넣어 두는 작은 자루밖에 없단다. 그거라도 괜찮다면 가져가렴."

피노키오는 두말없이 자루를 받아 가위로 밑바닥과 양옆에 구멍을 하나씩 낸 다음 셔츠처럼 입었습니다. 대충이나마 그렇게 옷을 걸치고는 드디어 집으로 떠났습니다.

하지만 길을 가는 동안 피노키오의 마음은 그야말로 가시방

석이었습니다. 피노키오는 한 걸음 내디뎠다가 다시 한 걸음 물러나기를 되풀이하며 중얼거렸습니다.

"착한 요정님 얼굴을 어떻게 보지? 내 꼴을 보면 뭐라고 하실까? 이번에도 용서해 주실까? 아마 용서하지 않겠지. 그래, 분명 용서하지 않으실 거야. 다 내 잘못이야. 늘 착해지겠다고 약속만 하고 지킨 적은 한 번도 없었잖아."

마을에 도착했을 때는 이미 날이 저물어 사방이 깜깜했습니다. 폭풍우가 몰려와 비가 세차게 내리자 피노키오는 곧장 요정의 집으로 가 문을 두드려 봐야겠다고 마음먹었습니다.

하지만 막상 도착하니 엄두가 나지 않아 그만 뒷걸음질을 치고 말았습니다. 다시 문 앞까지 갔지만 용기가 나지 않았습니다. 세 번째도 마찬가지였습니다. 네 번째로 갔을 때야 벌벌 떨며 쇠 문고리를 잡고는 문을 살살 두드렸습니다.

피노키오는 기다리고 또 기다렸습니다. 삼십 분 뒤, 마침내 사 층짜리 건물의 꼭대기 창문이 열렸습니다. 그리고 머리 위에 작은 등불을 인 커다란 달팽이 한 마리가 밖을 내다보았습니다.

"이 시간에 누구요?"

"요정님은 집에 계신가요?"

"지금 주무시니 방해하지 말거라. 그런데 넌 누구니?"

"나예요."

"나라고? '나'가 누군데?"

"피노키오예요."

"피노키오가 누구지?"

"요정님과 함께 사는 꼭두각시요."

"아, 그래! 기다려라. 내가 바로 내려가 문을 열어 줄 테니."

"제발 서둘러 주세요. 추워서 죽을 지경이에요."

"얘야, 난 달팽이야. 달팽이는 절대 서두르는 법이 없단다."

한 시간이 지나고 두 시간이 지나도 문은 열리지 않았습니다. 비에 흠뻑 젖어 추위와 두려움에 오들오들 떨던 피노키오는 다시 용기를 내어 아까보다 더 세게 문을 두드렸습니다.

삼 층 창문이 열리더니 달팽이가 고개를 내밀었습니다.

피노키오가 길에서 소리쳤습니다.

"달팽이님, 벌써 두 시간이나 기다렸어요! 이런 끔찍한 날에 두 시간은 이 년보다 더 길다고요. 제발 얼른 내려오세요!"

그러자 달팽이가 차분하고도 느릿하게 말했습니다.

"얘야, 난 달팽이야. 달팽이는 절대 서두르는 법이 없단다."

또다시 창문이 닫혔습니다.

얼마 안 있어 자정을 알리는 종이 울렸습니다. 하지만 문은 여전히 닫힌 채였습니다.

피노키오의 인내심이 드디어 폭발했습니다. 피노키오는 문고리를 잡고 집이 떠나가라 마구 흔들어 댔습니다. 그런데 쇠로 된 문고리가 갑자기 뱀장어로 변해 손에서 스르르 빠져나가더니 길가 도랑을 따라 사라져 버렸습니다.

"요것 봐라!"

피노키오는 화가 머리끝까지 솟았습니다.

"문고리가 달아났으니 발로 차는 수밖에 없군."

피노키오는 뒤로 조금 물러났다가 있는 힘껏 문을 걷어찼습니다. 그런데 어찌나 세게 찼던지 그만 발이 문에 박혀 버리고 말았습니다. 아무리 빼내려고 해도 소용이 없었습니다. 발은 망치로 박은 못처럼 단단히 박혀 움쩍도 하지 않았습니다.

불쌍한 피노키오! 피노키오는 한 발은 바닥에, 한 발은 문에 끼인 채로 밤을 보내야만 했습니다.

동이 틀 무렵 마침내 문이 열렸습니다.

어찌나 빨리 내려왔던지 달팽이가 사 층에서 문까지 내려오는데 고작 아홉 시간밖에 걸리지 않았습니다. 부랴부랴 내려온 게 분명했습니다!

달팽이가 웃으며 피노키오에게 물었습니다.

"문에다 발을 집어넣고 뭐 하는 거니?"

"사고가 있었어요. 친절한 달팽이님, 이 고통에서 절 구해 주시겠어요?"

"애야, 그건 목수들이 할 일이야. 난 그런 일을 해본 적이 없어."

"요정님께 부탁해 보세요."

"요정님은 주무셔서 깨우면 안 돼."

"그러면 저더러 문에 붙어서 하루 종일 뭘 하라고요?"

"지나가는 개미를 세보면 재미있지 않을까."

"그럼 먹을 거라도 좀 주세요. 배가 고파 죽겠어요."

"금방 갖다줄게!"

진짜로 세 시간 반 만에 달팽이는 빵과 통닭 한 마리와 살구 네 개가 든 은쟁반을 머리에 이고 돌아왔습니다.

"요정님이 너한테 주는 아침 식사야."

먹음직한 음식을 본 피노키오는 그제야 살 것 같았습니다. 하지만 빵은 회반죽으로, 통닭은 판지로, 살구는 석고로 만들어졌다는 걸 알고는 실망이 이만저만 아니었습니다.

피노키오는 울고 싶었습니다. 될 대로 되라는 식으로, 쟁반이며 그 위에 있는 것들을 모조리 내던져 버리고 싶었습니다. 하지만 너무 고통스럽고 지친 나머지 그만 기절을 하고 말았습니다.

피노키오가 정신을 차려 보니 소파 위에 누워 있었고, 곁에는 요정이 앉아 있었습니다.

요정이 말했습니다.

"이번에도 널 용서해 주마. 하지만 더 이상은 못 봐줘."

피노키오는 앞으로 공부도 열심히 하고, 항상 바르게 행동하 겠다며 굳게 맹세했습니다. 그리고 그 해가 가기 전까지 약속 을 잘 지켰습니다. 시험마다 일등을 독차지했으며, 학교에서 가장 훌륭한 학생으로 뽑혔습니다. 피노키오의 행동은 누가 봐도 만족스럽고 칭찬할 만했습니다.

요정이 무척 기뻐하며 피노키오에게 말했습니다.

"드디어 내일 네 소원이 이루어질 거란다."

"그게 무슨 말씀이세요?"

"내일이면 꼭두각시가 아니라 진짜 아이가 될 거란 말이야."

그토록 바라고 바라던 소식에 피노키오가 얼마나 기뻐했는 지는 직접 보지 않은 사람은 상상도 할 수 없을 겁니다. 피노키 오는 이 중요한 일을 축하하기 위해 다음 날, 친구들을 요정의 집에 초대해 멋진 아침 식사를 하기로 했습니다. 요정은 커피 우유 이백 잔과 버터를 바른 롤 빵 사백 개를 준비했습니다. 내 일은 분명 가장 행복하고 가장 기쁜 날이 될 터였습니다. 하지 만······.

안타깝게도 꼭두각시의 삶에는 모든 걸 망쳐 놓는 '하지만'이 라는 말이 항상 따라다니는 모양입니다.

30.
피노키오는 친구 '램프 심지'의 말을 듣고
'놀이 천국'으로 함께 간다

피노키오는 내일 있을 파티에 친구들을 초대하러 마을에 다녀와도 되는지 요정에게 물었습니다.

"그래, 가서 친구들을 초대하렴. 하지만 어두워지기 전에는 꼭 돌아와야 한다. 알겠니?"

"한 시간 안에 돌아올게요."

"명심해라, 피노키오. 아이들은 약속을 쉽게 하는 만큼 쉽게 잊어버리기도 한단다."

"하지만 전 다른 아이들과 달라요. 한번 한다고 했으면 꼭 지킨다고요."

"그래, 두고 보자꾸나. 약속을 지키지 않으면 큰일 난다."

"어째서요?"

"자기보다 현명한 사람의 충고를 듣지 않는 아이들은 항상 곤경에 빠지기 마련이거든."

"저도 이젠 알아요. 그러니 다시는 그런 일 없을 거예요."

"네 말이 사실인지는 두고 보면 알겠지."

피노키오는 더 이상 대꾸하지 않은 채, 엄마처럼 인자한 요정에게 입을 맞추고는 노래하고 춤을 추며 밖으로 뛰어나갔습니다.

피노키오가 친구들을 전부 초대하는 데는 한 시간도 채 걸리지 않았습니다. 기뻐하며 당장 초대에 응한 아이들도 있었고, 피노키오가 와달라며 졸라야 하는 아이들도 있었습니다. 하지만 커피 우유에 찍어 먹을 수 있게 빵 양쪽에 버터를 바른 롤빵을 준다는 소리만 들으면 다들 "그래, 널 위해 갈게."라고 말했습니다.

그 친구들 중에 피노키오가 특히 좋아하는 아이가 있었습니다. 이름이 로메오였는데, 친구들 사이에선 '램프 심지'로 통했습니다. 밤에 켜는 램프의 심지처럼 몸이 비쩍 마르고 길쭉했기 때문입니다.

학교에서 제일 게으르고 제일 말썽꾸러기였던 램프 심지를 피노키오는 가장 좋아했습니다. 가장 먼저 찾아간 곳도 그 친구 집이었습니다. 하지만 램프 심지는 집에 없었습니다. 다시 찾아가 봐도 마찬가지였습니다. 세 번째도 헛수고였습니다.

도대체 어디에 있는 걸까? 사방을 샅샅이 찾아다니던 피노키오는 마침내 어느 농부 집 현관 밑에 숨어 있는 램프 심지를 발견했습니다.

피노키오가 살며시 다가가 물었습니다.

"거기서 뭐하니?"

"자정이 되길 기다려. 그때 가려고……."

"어디 가는데?"

"아주, 아주 먼 데."

"널 만나려고 너희 집에 세 번이나 찾아갔었어."

"무슨 일로?"

"아직 소식 못 들었어? 나한테 얼마나 기쁜 일이 생겼는지 몰라?"

"뭔데?"

"내일이면 난 더 이상 꼭두각시가 아니라 너나 다른 아이들처럼 진짜 아이가 된다고."

"정말 잘됐구나!"

"그래서 내일 아침에 식사하러 우리 집에 왔으면 해."

"하지만 난 오늘 밤에 멀리 떠난다고 했잖니?"

"몇 시에?"

"자정에!"

"어디 가는데?"

"세상에서 제일 멋진 나라로 갈 거야. 진짜 꿈의 나라로."

"나라 이름이 뭐야?"

"'놀이 천국'. 너도 갈래?"

"나? 어림없어!"

"아냐, 피노키오! 안 가면 분명히 후회할 거야. 아이들한테 그보다 좋은 나라가 또 어디 있겠니? 학교도 없지, 선생님도 없지, 책도 없지, 공부 같은 건 전혀 안 해도 되는 천국 같은 곳이라고. 목요일마다 학교가 쉬는데, 일주일 중에 6일이 목요일이고, 하루가 일요일이야. 생각해 봐! 방학이 1월 1일부터 12월 31일까지야. 정말 완벽한 나라 아니니! 모든 나라가 그래야 하는데 말이야."

"그럼 놀이 천국이란 나라에서는 사람들이 뭘 하며 지내?"

"아침부터 밤까지 신나게 노는 거지. 그런 다음 잠자리에 들었다가 다음 날 아침이 되면 또 재미있게 노는 거야. 어때?"

"음……."

피노키오는 마치 '그렇게 사는 것도 나쁘진 않겠는데!'라고
말하듯 고개를 끄덕였습니다.

"자, 나랑 갈래, 말래? 마음을 정해!"

"아냐, 아냐, 아냐. 아무래도 안 되겠어! 요정님께 착한 아이
가 되겠다고 약속했어. 난 그 약속을 지켜야 해. 날이 어두워지
고 있으니 빨리 돌아가야겠어. 안녕. 조심해서 가!"

"어딜 그렇게 서둘러 가려는 거야?"

"집에. 요정님이 어두워지기 전에 돌아오라고 하셨거든."

"조금만 기다려."

"너무 늦었어."

"딱 이 분만."

"요정님이 야단치시면 어떡해?"

말썽꾸러기 램프 심지가 말했습니다.

"그러라 그래! 실컷 야단치고 나면 알아서 그만두겠지, 뭐."

"어떻게 가? 혼자 가니, 아니면 여럿이 함께 가니?"

"혼자냐고? 같이 가는 애들이 백 명도 더 넘어!"

"걸어서 가니?"

"꿈의 나라로 데려다 줄 마차가 곧 지나갈 거야."

"마차가 지금 오면 좋을 텐데!"

"왜?"

"모두 함께 떠나는 모습을 볼 수 있을 테니까."

"조금만 더 기다려. 그러면 볼 수 있어."

"아냐, 아냐. 난 집에 가야 해."

"이 분만 더 기다리라니까."

"너무 늦었어. 요정님이 걱정하실 거야."

"불쌍한 요정! 박쥐가 널 잡아먹기라도 할까 봐 걱정이라니?"

"아냐, 아냐. 근데 그 나라에 학교가 없다는 거 확실하니?"

"그럼, 하나도 없어."

"선생님도 없고?"

"한 명도!"

"공부도 안 해도 되고?"

"절대로, 결코, 정말로!"

피노키오가 한숨을 내쉬며 말했습니다.

"진짜 좋은 나라다! 한 번도 가본 적은 없지만 어떤 곳일지 상상이 간다."

"그럼 같이 갈래?"

"아무리 그래도 소용없어. 말 잘 듣는 아이가 되겠다고 요정님이랑 약속했어. 그리고 난 그 약속을 꼭 지킬 거야."

"그럼 잘 가렴. 학교 친구들한테 인사 전해 줘. 상급생 형님들도 길에서 만나면 안부 전해 주고."

"안녕, 램프 심지. 여행 잘해. 재미있게 지내고 이따금 친구들도 생각해 줘."

작별 인사를 나누고 몇 걸음을 내딛던 피노키오가 친구를 돌아보며 물었습니다.

"그런데 그 나라는 일주일에 목요일이 여섯 번, 일요일이 한 번이라는 거 확실해?"

"그럼!"

"방학이 1월 1일부터 12월 31일까지라는 것도?"

"틀림없어."

"정말 좋은 나라다!"

피노키오가 또 한 번 감탄하며 말했습니다. 그러고는 마음을 다잡으며 재빨리 덧붙였습니다.

"그래, 잘 가. 여행 잘하고."

"안녕!"

"얼마나 기다리면 되는 거야?"

"한 시간 좀 넘게."

"아쉽다, 딱 한 시간이면 기다렸다가 널 배웅해 줄 수 있을 텐데!"

"그럼 요정은?"

"어차피 늦었는걸. 한 시간 더 늦는다고 특별히 달라질 거 있겠니?"

"불쌍한 피노키오! 그러다 요정한테 혼나려면 어쩌려고?"

"상관없어! 야단치라고 그래. 실컷 야단치고 나면 잠잠해지 겠지, 뭐."

어느새 깜깜한 밤이 되었습니다. 갑자기 멀리서 작은 불빛이 어른거리더니, 방울 소리와 사람들의 말소리에 이어서 나팔 소 리가 모기 소리처럼 희미하게 들려왔습니다.

램프 심지가 벌떡 일어서며 소리쳤습니다.

"왔다!"

피노키오가 낮게 물었습니다.

"뭐가?"

"날 데리러 마차가 오고 있다고. 넌 어때? 갈 거야, 말 거야?"

"그 나라에서는 아이들이 공부할 필요 없다는 거 사실이지?"

"절대로, 절대로, 절대로 할 필요 없어!"

"정말 끝내 준다! 정말 좋은 나라야! 정말 멋진 나라야!"

31.

놀이 천국으로 간 피노키오는
그곳에서 다섯 달을 보낸다

드디어 마차가 도착했습니다. 마차는 바퀴가 천으로 감싸져 있어 아무런 소리도 나지 않았습니다.

당나귀 열두 쌍이 마차를 끌고 있었습니다. 몸집은 비슷했지만 털 색깔은 제각각이었습니다. 잿빛 당나귀, 흰색 당나귀, 점박이 당나귀에 노란색과 파란색의 얼룩이 섞인 당나귀도 있었습니다.

그중에서 가장 재미있는 건 열두 쌍, 즉 스물네 마리의 당나귀들이 다른 동물들처럼 발에 편자를 박지 않고 사람이 신는 하얀 가죽 부츠를 신고 있다는 사실이었습니다.

그렇다면 마부는 어땠을까요?

땅딸막한 몸집, 물렁물렁한 살, 버터처럼 기름기가 좔좔 흐르는 인상에, 얼굴은 토마토처럼 빨갰고, 작은 입술엔 웃음기가 떠나지 않았으며, 목소리는 주인에게 아양을 떠는 고양이처럼 야리야리하고 간드러졌습니다.

아이들은 마부를 보자마자 마음을 홀딱 빼앗겼고, 지도 위에 놀이 천국이라고 표시된 즐거운 나라로 가겠다며 서로 먼저 타기 위해 다투었습니다.

마차는 이미 여덟 살에서 열두 살 사이의 아이들로 꽉 차 있었습니다. 찰싹 붙어 앉은 아이들의 모습은 마치 통 안에 든 절인 멸치 같았습니다. 마차 안이 복잡하고 불편해서 숨조차 쉬기 어려웠지만 아무도 말을 하지 않았고, 불평 한 마디 하지 않았습니다. 몇 시간 뒤면 책도, 학교도, 선생님도 없는 나라에 도착한다는 기대로 모든 걸 참아 냈습니다. 불편함도, 피곤함도, 배고픔도, 목마름도, 졸음도 느끼지 못했습니다.

마차가 멈추자, 땅딸막한 마부가 램프 심지를 향해 능글능글 웃으며 물었습니다.

"멋진 친구, 너도 행복한 나라에 가고 싶니?"

"물론 가고 싶어요."

"하지만 너도 보다시피 자리가 없구나. 마차가 꽉 찼어."

"안에 자리가 없으면 마차 가로대에 앉아 갈게요."

그러면서 램프 심지는 껑충 뛰어올라 말을 타듯 가로대에 걸터앉았습니다.

땅딸막한 마부가 이번엔 피노키오에게 은근히 미소를 보내며 물었습니다.

"이봐, 귀여운 친구. 넌 어쩔 거니? 우리랑 함께 갈래, 여기 남을래?"

"전 여기 있을 거예요. 집에 갈 거거든요. 착한 아이들처럼 학교에서 공부도 하고 훌륭한 사람이 되고 싶어요."

"그럼 잘해 보거라!"

그러자 램프 심지가 소리쳤습니다.

"피노키오, 내 말 들어! 우리랑 함께 가자! 정말 재미있을 거야."

"싫어, 싫어, 싫단 말이야!"

"우리랑 함께 가자! 진짜 재미있을 거야!"

마차 안에 있던 아이들 몇이 거들었습니다.

"우리랑 함께 가자! 진짜 재미있을 거야!"

이번엔 백 명이 넘는 아이들이 한꺼번에 외쳤습니다.

"내가 너희와 함께 가면 착한 요정님이 뭐라고 하시겠어?"

"그런 걱정은 하지 마. 넌 그냥 아침부터 밤까지 재미있게 놀
수 있는 나라에 간다고만 생각해."

피노키오는 아무 말 없이 한숨만 내쉬었습니다. 두 번, 세 번
한숨을 내쉬던 피노키오가 드디어 입을 열었습니다.

"자리 좀 내줘. 나도 갈래."

그러자 마부가 말했습니다.

"자리는 이미 다 찼어. 하지만 네가 함께 가겠다니 환영의 뜻
으로 내 자리를 양보하마."

"그럼 아저씨는 어쩌고요?"

"난 걸어갈 거야."

"안 돼요. 그러지 마세요. 차라리 제가 당나귀를 타고 가겠어요!"

피노키오가 소리쳤습니다. 그러고는 마차 오른편에 있는 당
나귀에게 다가가 등에 올라타려고 했습니다.

하지만 당나귀가 몸을 돌려 피노키오의 배를 걷어차는 바람

에 피노키오는 그만 벌렁 나자빠지고 말았습니다.

그 모습을 본 아이들이 대놓고 웃음을 터뜨렸습니다.

하지만 마부는 웃지 않았습니다. 그 대신 당나귀에게 다가가 입을 맞추는 척하며 오른쪽 귀를 반쯤 물어뜯었습니다.

피노키오가 화가 잔뜩 난 얼굴로 일어나더니 당나귀 등에 다시 뛰어올랐습니다. 피노키오가 얼마나 멋지게 올라탔던지, 아이들은 웃음을 그치고 "피노키오 만세!"를 외치며 아낌없이 박수를 보냈습니다.

그런데 갑자기 당나귀가 뒷다리를 치켜들고 발길질을 하는 바람에 불쌍한 피노키오는 돌무더기 위로 나가떨어지고 말았습니다.

아이들이 다시 와르르 웃음을 터뜨렸습니다. 하지만 이번에도 마부는 웃지 않고 당나귀에게 다가가서는 왼쪽 귀 반을 물어뜯었습니다.

그런 다음 피노키오에게 말했습니다.

"이제 타봐라. 겁낼 것 없어. 저 당나귀가 워낙 고집이 세서 그래. 내가 그놈 귀에다 몇 마디 해놨으니 고분고분 말을 들을 게다."

피노키오가 다시 당나귀 등에 올라타자 마차가 움직이기 시작했습니다. 하지만 마차가 부지런히 포장길을 달리는 동안,

피노키오의 귀에 들릴락 말락 작은 소리가 들려왔습니다.

"어리석은 녀석! 넌 네 마음대로 행동했어! 언젠간 후회하게 될 거야!"

피노키오는 겁에 질려 누가 말을 하는지 보려고 주변을 두리번거렸습니다. 하지만 아무도 보이지 않았습니다. 당나귀들은 달리기에 바빴고, 마차는 돌길을 덜그럭거리며 나아갔으며, 아이들은 모두 잠이 들었습니다. 램프 심지도 곰처럼 코를 드르렁드르렁 골았고, 마부는 노래를 흥얼거렸습니다.

모두가 잠든 밤에도

나는 결코 잠들지 않는다네…….

조금 더 가자, 또 희미하게 목소리가 들렸습니다.

"명심해, 이 바보야! 공부하기 싫어하고, 학교도 책도 선생님도 멀리하는 아이들은 잘되는 법이 없어! 내가 겪어 봐서 알아. 지금의 나처럼 너도 언젠간 눈물을 흘릴 날이 올 거야. 하지만 그땐 이미 늦겠지!"

아까보다 더 겁이 난 피노키오는 당나귀 등에서 뛰어내린 다음 고삐 쪽으로 갔습니다.

순간 피노키오는 당나귀가 아이처럼 울고 있는 걸 보고 얼마나 놀랐는지 모릅니다.

피노키오가 마부에게 소리쳤습니다.

"저기요, 아저씨. 이런 거 보신 적 있으세요? 당나귀가 울고
있어요!"

"내버려 둬! 평생 웃을 일 없을 테니까."

"아저씨가 당나귀에게 말하는 법을 가르쳤어요?"

"아니, 훈련견들이랑 한 삼 년 있더니 저 혼자 몇 마디 할 줄
알더구나."

"불쌍하기도 해라!"

"자, 그만, 그만! 당나귀 우는 거나 보고 있을 시간이 없어.
등에 올라타고 어서 가자! 날은 춥고 갈 길은 멀단다."

피노키오는 아무 말 없이 마부의 말을 따랐습니다. 마차가 다
시 출발했고, 동이 틀 무렵 무사히 놀이 천국에 도착했습니다.

놀이 천국은 아주 딴 세상 같았습니다. 주민 모두가 어린이
였습니다. 제일 나이 많은 아이가 열네 살이었고, 제일 어린 아
이가 여덟 살이었습니다. 거리는 흥겨운 소란과 고함 소리, 그
리고 이런저런 소음들로 정신이 없었습니다.

어딜 가나 아이들이 넘쳐 났습니다. 공으로 핀 쓰러뜨리기 놀
이를 하는 아이, 고리를 던지는 아이, 자전거를 타는 아이, 공놀
이를 하는 아이, 목마를 타는 아이도 있고, 봉사놀이를 하는 아

이, 술래잡기를 하는 아이, 광대 옷을 입고 불
붙은 천을 먹는 아이도 있었습니다. 또 연극하
는 아이, 노래하는 아이, 공중제비를 넘는 아
이, 물구나무를 서서 걷는 아이, 굴렁쇠를 굴
리는 아이, 장군처럼 차려입고 종이 모자를 쓴 채 행진하는 아
이도 있었습니다. 어떤 아이들은 웃고 소리치며 손뼉을 쳐댔고,
또 어떤 아이들은 휘파람을 불거나, 갓 알을 낳은 암탉 흉내를
내기도 했습니다. 한마디로 난장판이 따로 없었고, 솜으로 귀를
틀어막지 않으면 귀머거리가 될 판이었습니다. 광장마다 있는
극장에는 하루 온 종일 아이들로 북적거렸고, 집집마다 담벼락
은 숯으로 쓴 낙서들이 가득했습니다.

'장낭깜 만세!'(장난감 만세!)
'하꾜는 피료 업다!'(학교는 필요 없다!)
'수하글 추방하자!'(수학을 추방하자!)

피노키오와 램프 심지와 다른 모든 아이들은 도시로 들어서
자마자 아이들과 어울려 금방 친구가 되었습니다. 세상에서
이들보다 행복하고 신나는 아이들은 없는 듯했습니다.

226

이렇게 놀이와 오락에 빠져 지내다 보니 몇 시간, 며칠, 몇 주가 눈 깜짝할 사이에 지나갔습니다.

"와, 정말 재미있다!"

피노키오는 램프 심지를 만날 때마다 이렇게 외쳤습니다.

"내 말이 맞지? 그런데도 안 오려고 하다니! 요정에게 돌아가 공부 따위로 시간을 낭비하려고 했잖아! 지긋지긋한 책과 학교에서 해방된 게 다 내 충고 덕인 줄 알아. 이런 게 바로 진정한 우정이라고."

"그래, 정말이야, 램프 심지! 지금 내가 이렇게 행복한 건 다 네 덕분이야. 그런데도 선생님은 항상 뭐랬는지 아니? '아무 짝에도 쓸모없는 램프 심지와 어울리지 마라. 널 나쁜 길로 빠뜨릴 몹쓸 아이란다.' 그러셨다니까."

램프 심지가 고개를 가로저으며 말했습니다.

"불쌍한 선생님! 선생님이 날 싫어해서 나쁘게 말한다는 건 알고 있었어. 하지만 난 마음이 넓으니까 기꺼이 용서하겠어."

그러자 피노키오가 친구를 끌어안고 이마에 다정하게 입을 맞추며 말했습니다.

"넌 멋진 친구야!"

책 한 번 안 쳐다보고, 학교에도 가지 않고, 하루 종일 신나게 놀기만 하며 그렇게 다섯 달이 지나갔습니다. 그러던 어느 날 아침, 잠에서 깬 피노키오에게 깜짝 놀랄 일이 일어났습니다. 피노키오는 기분이 언짢았습니다.

32.

피노키오에게 당나귀 귀가 솟아나고,
진짜 당나귀로 변한 피노키오는 당나귀 울음소리를 낸다

깜짝 놀랄 일이란 도대체 무엇일까요?

피노키오는 잠에서 깨어나 머리를 긁적이다가 우연히 그 사실을 알게 되었습니다.

혹시 짐작이 가나요?

놀랍게도 피노키오의 귀가 한 뼘이 넘게 자라나 있었습니다. 피노키오는 태어날 때부터 귀가 아주 작았습니다. 너무 작아서 맨눈으로는 거의 보이지도 않을 정도였습니다. 그러니 밤

사이 귀가 빗자루만큼이나 길어진 걸 알고 피노키오가 얼마나 놀랐을지 상상이 가겠지요.

피노키오는 자신의 모습을 보려고 허겁지겁 거울을 찾았지만 어디에도 보이지가 않았습니다. 그래서 대야에 물을 가득 채운 뒤 그 속을 들여다보았습니다. 그리고 정말 보고 싶지 않은 모습을 보고야 말았습니다. 당나귀 귀처럼 커다란 귀가 피노키오의 얼굴에 붙어 있었습니다.

불쌍한 피노키오가 얼마나 속이 상하고, 창피하고, 절망했을지 상상이 될 것입니다.

피노키오는 울부짖으며 벽에 머리를 찧어 댔습니다. 하지만 그럴수록 귀는 더 자라났고, 귀 끝에는 털까지 나기 시작했습니다.

위층에 사는 귀여운 다람쥐가 피노키오의 울음소리를 듣고 무슨 일인가 싶어 쪼르르 내려왔습니다. 다람쥐는 절망에 빠진 피노키오를 보고는 걱정스레 물었습니다.

"무슨 일이야, 이웃 친구?"

"몸이 이상해, 다람쥐야. 아주 무서운 병에 걸렸나 봐. 너, 혹시 맥 짚을 줄 아니?"

"응, 조금."

"열이 있는지 좀 봐줄래?"

다람쥐가 오른쪽 앞발로 피노키오의 맥을 짚어 보더니 한숨을 내쉬며 말했습니다.

"친구, 미안하지만 나쁜 소식을 전해야겠어."

"뭔데?"

"아주 위험한 열병에 걸렸어."

"무슨 열병?"

"당나귀 열병."

"그런 병은 한 번도 들어 본 적이 없는걸!"

말은 그렇게 했지만 사실 피노키오도 다람쥐가 무슨 말을 하는지 잘 알고 있었습니다.

"그럼 내가 설명해 줄게. 이제 몇 시간 후면 넌 꼭두각시도, 어린아이도 아니게 돼."

"그럼 뭐가 되는데?"

"몇 시간만 있으면 넌 진짜 당나귀로 변할 거야. 수레를 끌거나 양배추와 채소를 시장까지 나르는 당나귀 말이야."

"아, 어쩜 좋아? 난 이제 어떡해?"

피노키오가 손으로 귀를 움켜잡고는 남의 귀라도 되는 양 마구 잡아당기고 흔들어 댔습니다.

다람쥐가 피노키오를 다독거렸습니다.

"이 친구야, 그래 봤자 소용없어. 다 네 운명이야. 책이나 학교, 선생님을 싫어하고 장난감이나 게임, 오락만 좋아하는 게

으른 아이들은 결국 당나귀가 된다고 책에도 쓰여 있잖아."

피노키오가 훌쩍이며 물었습니다.

"그게 정말이야?"

"안됐지만 정말이야. 그러니 울어 봤자 소용없어. 너무 늦기 전에 정신을 차렸어야지."

"하지만 내 탓이 아냐. 믿어 줘, 다람쥐야. 이건 전부 다 램프 심지 때문이라고!"

"램프 심지가 누군데?"

"학교 친구. 난 집으로 돌아가 착한 아이가 되려고 했어. 공부도 열심히 하고 절대로 말썽도 피우지 않고. 그런데 램프 심지가, '공부는 귀찮게 왜 하려고 하니? 학교에 가려는 이유가 뭐야? 그러지 말고 나랑 놀이 천국에 가자. 거기선 공부 같은 건 할 필요도 없고, 아침부터 저녁까지 놀기만 하면 돼. 항상 즐겁게 살 수 있다니까!' 이렇게 말하는 거야."

"왜 그런 거짓말을 믿었니? 왜 나쁜 친구의 말을 들은 거야?"

"그건…… 그건…… 내가 옳고 그름을 분간하지도 못하고 양심도 없는 꼭두각시라서 그래. 아, 양심이 조금이라도 있었다면 엄마처럼 날 사랑하고 많은 걸 베풀어 주신 착한 요정님을 저버리진 않았을 거야! 지금쯤이면 꼭두각시가 아니라 다른 아이들처럼 진짜 아이가 되었을 텐데! 램프 심지 녀석, 만나면 가만두지 않을 거야! 혼쭐을 내줘야지!"

그러면서 피노키오는 방을 나가려고 했습니다. 하지만 문 앞에 이르자 길쭉해진 귀가 생각났고 사람들 앞에 나서기가 부끄러웠습니다. 그래서 커다란 면 모자를 꺼내 코까지 푹 눌러썼습니다.

그런 다음 밖으로 나가 램프 심지를 찾아다녔습니다. 하지만 거리며, 광장이며, 극장이며 이곳저곳을 아무리 둘러봐도 램프 심지의 모습은 보이지 않았습니다. 마주치는 사람들에게 물어봐도 다들 못 봤다며 고개를 저었습니다. 결국 피노키오는 램프 심지의 집으로 찾아가 문을 두드렸습니다.

"누구세요?"

램프 심지가 안에서 물었습니다.

"피노키오야."

"잠깐만 기다려, 열어 줄게."

삼십 분 뒤 문이 열렸습니다. 집 안에 들어선 피노키오는 램프 심지가 면으로 된 모자를 코끝까지 눌러쓰고 있는 모습을 보고 얼마나 놀랐는지 모릅니다.

하지만 한편으로는 마음이 조금 놓이기도 했습니다.

'이 친구도 나랑 똑같은 병에 걸렸나 봐. 혹시 당나귀 열병이 아닐까?'

피노키오는 아무것도 못 본 척 웃으며 말했습니다.

"잘 있었어, 램프 심지?"

"치즈 속에 있는 생쥐처럼 아주 잘 지냈지."

"정말?"

"내가 왜 거짓말을 하겠니?"

"미안한데, 친구야. 너, 왜 모자로 귀를 덮고 있는 거야?"

"무릎을 다쳤는데 의사 선생님이 이러고 있으래. 그런데 피노키오, 넌 왜 모자를 코까지 눌러쓰고 있니?"

"나도 다리를 다쳤는데 의사 선생님이 이렇게 하래."

"에구, 불쌍한 피노키오!"

"에구, 불쌍한 램프 심지!"

둘은 한참 동안 말이 없었지만 뭔가 눈치를 챈 듯했습니다.

마침내 피노키오가 다정한 목소리로 램프 심지의 마음을 떠보았습니다.

"램프 심지야, 그냥 궁금해서 그러는데, 너 혹시 귓병 앓은 적 있니?"

"전혀! 너는?"

"나도 없어! 그런데 오늘 아침에 귀가 아프더라."

"나도 그랬는데."

"너도? 어느 쪽 귀가 아픈데?"

"두 쪽 다. 너는?"

"나도. 그럼 우리 같은 병인가?"

"아무래도 그런 것 같아."

"부탁 하나만 들어줄래, 램프 심지?"

"그럼, 물론이지!"

"네 귀 좀 봐도 될까?"

"되고말고. 하지만 그 전에 네 귀부터 보여 줘, 피노키오."

"아냐, 네가 먼저 보여 줘."

"아냐. 네가 먼저 보여 주면 나도 보여 줄게."

"좋아, 그렇다면 사이좋게 이렇게 하자."

"어떻게?"

"둘이 동시에 모자를 벗는 거야. 어때?"

"좋아."

"자, 준비!"

피노키오가 큰 소리로 숫자를 셌습니다.

"하나! 둘! 셋!"

"셋!" 하는 소리와 함께 두 아이는 모자를 벗어 공중으로 던졌습니다.

그러자 믿기 힘든 광경이 펼쳐졌습니다. 하지만 그것은 꿈이 아니었습니다. 피노키오와 램프 심지는 서로 똑같은 불행을

겪고 있었습니다. 하지만 둘은 부끄러워하거나 속상해하기는

커녕 기다란 귀를 움찔거리다가 마침내 웃음을 터뜨렸습니다.

배꼽이 빠지도록 웃고 또 웃었습니다.

램프 심지가 갑자기 웃음을 그쳤습니다. 비틀거리면서 낯빛

이 하얗게 변했습니다.

"도와 줘, 도와 줘, 피노키오!"

"왜 그러니?"

"어떡해! 똑바로 서 있질 못하겠어."

그러자 피노키오도 절뚝거리며 울부짖었습니다.

"나도 마찬가지야."

피노키오와 램프 심지가 손과 발을 땅에 짚더니 방을 빙빙

돌며 달리기 시작했습니다. 뛰는 동안 두 팔은 당나귀 다리로

변했고, 얼굴은 당나귀처럼 길쭉해졌으며, 등은 검은 얼룩이

있는 밝은 잿빛 털로 뒤덮였습니다.

하지만 이 불행한 두 아이에게 가장 끔찍하고 수치스러웠던

순간은 바로 꼬리가 나올 때였습니다. 부끄러움과 절망으로

어쩔 줄 몰라 하던 아이들은 자신들의 신세를 한탄하며 울기

시작했습니다.

아, 차라리 울지 말 것을! 탄식과 통곡 소리 대신에 튀어나온

것은 당나귀 울음소리였습니다. 둘은 큰 소리로 함께 입을 모

아 "히힝! 히힝!" 하고 울었습니다.

바로 그때 문 두드리는 소리가 들리더니 누군가 외쳤습니다.

"문 열어! 난 너희들을 이 나라에 데려온 마부다. 당장 문 열지 않으면 따끔한 맛을 보여 주겠다!"

33.

당나귀가 되어 서커스 단장에게 팔려 간 피노키오는
공연 중에 다리를 절게 되자
당나귀 가죽으로 북을 만들려는 남자에게 팔려 간다

아이들이 문을 열지 않자 땅딸막한 마부는 발로 차서 문을
열었습니다. 그러고는 평소처럼 웃으며 피노키오와 램프 심지
에게 말했습니다.

"잘했다! 아주 잘 울었어. 소리를 듣고 대번에 알았지. 그래
서 이렇게 찾아온 거란다."

그 말에 두 당나귀는 아무 대꾸도 못한 채 머리를 숙이고 꼬
리를 다리 사이로 감추었습니다.

먼저 마부는 당나귀들을 어루만지고 토닥거렸습니다. 그런 다음 말빗으로 잘 빗겨 주었습니다. 눈이 부실 정도로 매끈하게 다듬어지자, 마부는 두 당나귀에게 굴레를 씌운 다음 팔아서 돈을 벌 희망에 부풀어 시장으로 끌고 갔습니다. 정말로 사려는 사람이 줄을 섰습니다. 램프 심지는 기르던 당나귀가 어제 죽었다는 어떤 농부가 사갔습니다. 피노키오는 광대와 곡예사들로 이루어진 서커스단의 단장에게 팔렸습니다. 서커스 단장은 피노키오에게 서커스단의 다른 동물들과 함께 공연할 수 있도록 재주와 춤을 가르칠 생각이었습니다.

이제 이 땅딸막한 마부가 무슨 일을 하는지 알겠지요? 겉으로는 순해 보이는 이 남자는 사실 마차를 타고 세상을 돌아다니는 잔인한 악당이었습니다. 책과 학교를 싫어하는 아이들을 온갖 달콤한 말로 꼬드겨 모아서는 마차에 한가득 싣고 놀이 천국으로 데려가 실컷 놀게 만들었습니다. 그런 다음 아이들이 공부는 하지 않고 놀기만 하다가 가엾게도 당나귀로 변하면, 좋아라 하며 시장에 내다 팔았습니다. 마부는 몇 년 동안 그런 식으로 돈을 벌어 백만장자가 되었습니다.

램프 심지가 어떻게 되었는지는 모르겠지만, 피노키오는 팔려 간 첫날부터 고생길로 접어들었습니다.

주인은 피노키오를 마구간으로 끌고 간 다음 여물통에 짚을 넣어 주었습니다. 하지만 피노키오는 짚을 한 번 맛보고는 도로 뱉어 버렸습니다.

그러자 주인이 투덜거리며 마른 풀을 넣어 주었습니다. 하지만 피노키오는 마른 풀도 마다했습니다.

주인은 불같이 화를 내며 소리쳤습니다.

"뭐야? 마른 풀도 싫다는 거야? 좋아, 요 당나귀 녀석! 네가 그렇게 나온다면 나도 방법이 있지!"

말을 마친 주인이 채찍을 들어 피노키오의 다리를 내리쳤습니다.

"히힝! 난 짚은 소화를 못 시킨다고요!"

피노키오가 고통스러워 울부짖었습니다.

그러자 당나귀 말을 알아들을 줄 아는 주인이 대꾸했습니다.

"그럼 마른 풀이라도 먹어."

"히힝! 마른 풀을 먹으면 배가 아프단 말예요."

"그럼 너 같은 당나귀한테 닭고기라도 먹이란 말이냐?"

주인이 더욱 화를 내며 또다시 채찍을 휘둘렀습니다.

두 번째로 채찍을 맞은 피노키오는 입을 다무는 편이 현명하다는 생각이 들었습니다. 그래서 더 이상 아무 대꾸도 하지 않았습니다.

드디어 마구간 문이 닫히고 피노키오만 혼자 남게 되었습니다. 오랫동안 아무것도 먹지 못한 피노키오는 배가 고파 하품이 나왔습니다. 입을 아궁이만큼이나 크게 벌리고 하품을 했습니다.

여물통에는 마른 풀밖에 없었습니다. 피노키오는 마침내 마른 풀을 먹기로 마음먹고는 한참을 질겅질겅 씹은 다음 두 눈을 꼭 감고 꿀꺽 삼켰습니다.

"그렇게 나쁘지 않은걸. 그래도 공부를 계속했더라면 훨씬 좋았을 텐데! 그랬으면 지금쯤 마른 풀 대신 맛 좋은 소시지에 갓 구운 빵을 먹었을 텐데! 어쩌겠어!"

다음 날 아침, 피노키오는 다시 마른 풀을 찾았습니다. 하지만 어젯밤에 남김없이 다 먹어 치운 뒤였습니다.

그래서 피노키오는 잘게 썬 짚을 한 입 물었습니다. 쌀밥이나 국수와는 전혀 다른 맛이 났습니다.

"어쩌겠어!"

피노키오가 짚을 우걱우걱 씹으며 중얼거렸습니다.

"공부하기 싫어하고 말 안 듣는 아이들이 이런 내 모습을 보며 반성하길 바라는 수밖에. 어쩌겠어! 어쩌겠냐고!"

바로 그때 주인이 마구간으로 들어서며 소리를 질렀습니다.

"뭐가 어쩌고 어쨌다는 거야? 내가 널 먹고 놀게 하려고 사 온 줄 알아, 이 당나귀야? 널 부려서 돈을 벌려고 샀단 말이다.

241

어서 일어나서 밥값을 해! 서커스장으로 가자. 머리로 종이를 찢으며 굴렁쇠를 통과하고, 왈츠와 폴카를 추고, 뒷다리로 서는 법을 가르쳐 주마."

불쌍한 피노키오는 갖은 애를 써가며 이 모든 기술을 다 배워야만 했습니다. 석 달 동안 날카로운 채찍질을 견디며 훈련을 받았습니다.

마침내 멋진 공연을 선보이는 날이 다가왔습니다. 화려한 포스터가 거리 곳곳에 나붙었습니다.

대공연

오늘 밤

서커스 단원들과 말들이 선보이는

대담무쌍한 묘기와 놀라운 공연을 기대하십시오!

춤의 샛별로 떠오른 유명한 당나귀

피노키오의 첫 무대가 펼쳐집니다.

눈부시게 환한 극장으로 여러분을 초대합니다.

공연 시작 한 시간 전부터 극장은 이미 사람들로 꽉 들어찼

습니다.

돈을 아무리 많이 줘도 자리를 구할 수 없을 정도였습니다. 극장에 빙 둘러 놓인 의자에는 여자아이, 남자아이 할 것 없이 빽빽이 모여 앉아 유명한 피노키오의 춤을 보고 싶어 안달을 했습니다.

일 부 공연이 끝나자 서커스 단장이 무대로 나왔습니다. 검은 코트에 하얀 바지를 입고 무릎까지 올라오는 부츠를 신은 단장은 관객들을 향해 깊숙이 인사를 한 후, 우스꽝스런 연설을 하기 시작했습니다.

"존경하는 신사, 숙녀 여러분! 여러분이 사시는 아름다운 도시를 지나던 보잘것없는 제가 현명하고 훌륭하신 관객 분들께 그 이름도 유명한 당나귀를 소개하게 된 것을 무한한 기쁨으로 생각하는 바입니다. 이 당나귀로 말씀 드릴 것 같으면, 유럽 각국의 궁전을 방문하여 황제 폐하 앞에서 춤을 선보이는 영광을 누린 대단한 당나귀입니다. 여러분께 깊은 감사의 인사를 전하며, 멋진 장면엔 아낌없는 성원을 보내 주시고 실수가 있더라도 너그러이 봐주시길 부탁드립니다."

단장의 말이 끝남과 동시에 웃음소리와 박수갈채가 터져 나왔습니다. 당나귀 피노키오가 무대 위에 모습을 드러내자 박수 소리는 서커스장이 떠나갈 듯 더욱 커졌습니다. 피노키오는 화려하게 치장을 하고 있었습니다. 반짝반짝 빛나는 가죽 고삐에는 놋쇠 장식과 징이 달려 있고, 귀 뒤에는 하얀 동백꽃을 꽂았습니다. 갈기는 여러 갈래로 나눠 꼰 다음 색색의 비단 리본으로 묶었고, 몸에는 금과 은으로 된 넓은 띠를 둘렀으며, 꼬리는 진홍색과 푸른색 벨벳 리본으로 땋았습니다. 그야말로 멋진 모습이었습니다.

단장은 관객들에게 피노키오를 소개하며 이렇게 덧붙였습니다.

"존경하는 관객 여러분! 거짓말 하나 안 보태고, 거친 산과 뜨거운 평원을 마음껏 누비며 풀을 뜯던 이 동물을 잡아서 길들이기가 얼마나 힘들었는지 모릅니다. 부디 저 당나귀의 눈에서 뿜어져 나오는 사나운 빛을 봐주십시오. 부드럽게 다루려던 계획이 수포로 돌아가자 저는 마지막 수단으로 채찍을 사용할 수밖에 없었습니다. 제가 다정하게 대해 줘도 저 당나귀는 고마워하기는커녕 나날이 거칠어지기만 했습니다. 그러던 어느 날, 저는 당나귀의 머리에서 혹을 하나 발견했습니다. 파리 대학 의학부에서 조사한 결과, 그것은 머리털을 자라게 하고 춤을 추게 하는 혹으로 밝혀졌습니다. 그래서 전 이 당나귀에게 여러 가지 춤을 가르쳤습니다. 또한 종이로 막은 굴렁쇠를 뚫고 지나가는 재주도 가르쳤습니다. 자, 여러분, 직접 보시고 판단해 주십시오! 이 자리를 뜨기에 앞서 끝으로 신사, 숙녀 여러분을 내일 저녁 공연에 또 한 번 초대하는 바입니다. 날씨가 좋지 않으면 공연은 모레 아침 열한 시로 연기하겠습니다."

서커스 단장이 관객들에게 다시 정중하게 인사를 했습니다. 그리고는 피노키오 쪽을 바라보며 말했습니다.

"자, 피노키오! 공연을 시작하기 전에 훌륭하신 신사, 숙녀, 어린이 관객 여러분께 인사를 올려야지!"

그러자 피노키오가 얌전하게 앞발을 땅에 닿도록 굽혔습니다. 그리고 단장이 채찍을 휘두르며 다음 명령을 내릴 때까지 가만히 기다렸습니다.

"걸어가!"

이윽고 피노키오가 자리에서 일어나 무대를 돌며 걷기 시작했습니다.

잠시 뒤 단장이 외쳤습니다.

"빨리!"

피노키오가 단장의 명령대로 걸음을 빨리했습니다.

"달려!"

피노키오가 달리기 시작했습니다.

"전속력으로!"

피노키오는 있는 힘껏 달렸습니다.

피노키오가 무대를 돌며 달리고 있을 때, 단장이 갑자기 팔을 치켜들어 총을 쏘았습니다.

순간 당나귀가 총에라도 맞은 것처럼 바닥에 픽 쓰러지더니 죽은 시늉을 했습니다.

박수 소리와 환호 소리가 울려 퍼지는 가운데 피노키오가 몸을 일으키며 관객들을 쳐다보았습니다. 순간 특별석 가운데서 메달이 달린 금 목걸이를 한 아름다운 부인이 눈에 들어왔습니다. 메달에는 꼭두각시의 모습이 그려져 있었습니다.

"저건 나잖아! 요정님이시다!"

요정을 알아본 피노키오가 혼잣말을 했습니다.

피노키오는 너무나도 기뻐서 이렇게 소리치려고 했습니다.

"아, 사랑하는 요정님! 아, 그리운 요정님!"

하지만 입에서는 말 대신 당나귀 울음소리만 튀어나왔습니다. 극장 안은 금세 웃음바다가 되었습니다. 아이들은 발까지 구르며 난리였습니다.

그러자 서커스 단장은 관객들 앞에서 큰 소리로 울어선 안 된다는 걸 가르치려고 채찍 손잡이로 피노키오의 코를 때렸습니다.

불쌍한 당나귀는 혀를 쑥 빼물고 오 분 동안이나 코를 핥으며 아픔을 달랬습니다.

하시만 다시 관객석으로 고개를 돌린 피노키오는 자리가 비어 있는 걸 보고 얼마나 실망했는지 모릅니다. 요정은 사라지고 없었습니다!

피노키오는 죽을 만큼 마음이 아팠습니다. 피노키오의 눈에 눈물이 가득 차는가 싶더니 이내 서러운 울음이 되어 터져 나왔습니다.

하지만 아무도 그런 피노키오의 마음을 알지 못했습니다. 서커스 단장조차 눈치 채지 못하고 채찍을 휘두르며 이렇게 소리칠 뿐이었습니다.

"힘내라, 피노키오! 이제 이 고마우신 관객 분들께 네가 굴렁쇠를 얼마나 멋지게 통과하는지 보여 드려야지."

피노키오는 두세 번 굴렁쇠 묘기를 시도했습니다. 하지만 굴렁쇠 앞에만 가면 통과하기보다는 밑으로 지나가 버렸습니다. 그러다 결국 굴렁쇠를 통과하긴 했는데, 뒷다리가 굴렁쇠에 걸리는 바람에 반대편 바닥으로 고꾸라지고 말았습니다.

자리에서 일어난 피노키오는 다리를 절었고, 고통을 참으며 간신히 마구간으로 돌아갈 수 있었습니다.

"피노키오 나와라! 당나귀를 보여 줘! 당나귀 나와라!"

사고로 피노키오의 공연을 못 보게 된 아이들이 아쉬운 마음으로 아우성을 쳤습니다.

하지만 그날 저녁 당나귀는 더 이상 모습을 드러내지 않았습니다.

다음 날 아침, 피노키오를 진찰한 수의사는 피노키오가 평생 절름발이로 살아야 한다고 말했습니다.

그러자 서커스 단장이 마구간에서 일하는 소년에게 말했습니다.

"절름발이 당나귀를 어디다 쓰겠어? 일도 못하는데 사료 값만 나가지. 시장에 끌고 가서 팔아 버려."

시장에 나가자마자 피노키오를 사려는 사람이 금방 나타났습니다.

"이 절름발이 당나귀를 얼마에 팔 생각이니?"

"다섯 냥이요."

"두 냥 주마. 난 부려먹으려고 이 당나귀를 사는 게 아니야. 가죽이 필요해서지. 가죽이 튼튼해 보여 마을 악대에서 쓸 북을 만들면 좋을 것 같구나."

자기가 북이 될 거라는 소리를 들은 피노키오의 심정이 과연 어땠을까요?

두 냥을 내고 피노키오를 산 새 주인은 당나귀를 바닷가 근처 바위로 끌고 갔습니다. 그리고 피노키오의 목에 돌을 매단 다음, 한쪽 다리를 밧줄로 묶었습니다. 그러고는 피노키오를 와락 떠밀어 바다에 풍덩 빠뜨렸습니다.

피노키오는 목에 돌을 매단 채 금세 물밑으로 가라앉았습니다. 새 주인은 밧줄을 손에 꼭 쥔 채 당나귀가 죽으면 가죽을 벗기려고 바위 위에 앉아 묵묵히 기다렸습니다.

34.

바다에 빠진 피노키오는 물고기에게
뜯어 먹힌 뒤 다시 꼭두각시로 돌아오지만,
무시무시한 상어가 육지로 헤엄쳐 나가던
피노키오를 삼켜 버리고 만다

당나귀를 물에 던지고 한 시간쯤 지나자 새 주인이 중얼거렸
습니다.

"지금쯤이면 절름발이 당나귀가 죽었겠지. 끌어올려서 가죽
으로 좋은 북을 만들어야겠다."

그러고는 피노키오의 다리에 묶었던 밧줄을 세게 잡아당기
기 시작했습니다. 당기고, 당기고, 또 당긴 끝에 마침내 물 위
로 올라온 것은 죽은 당나귀가 아니라 뱀장어처럼 꿈틀거리며

살아 있는 꼭두각시 인형이었습니다.

나무 인형을 본 남자는 가엾게도 자신이 꿈을 꾸고 있다고 생각했습니다. 너무 기가 막히고 놀란 나머지 입도 못 다문 채 금방이라도 튀어나올 듯한 눈으로 멍하니 서 있었습니다.

그러다 정신이 조금 돌아오자 겨우 이렇게 더듬거렸습니다.

"바다…… 내가 바다에 던졌던 당나귀는 어디 있지? 어디로 간 거지?"

피노키오가 웃으며 대답했습니다.

"제가 그 당나귀예요!"

"네가?"

"네!"

"이 장난꾸러기 녀석, 어른을 놀리면 못써!"

"놀리다니요? 말도 안 돼요, 주인님. 농담 아니라고요."

"하지만 좀 전까지도 당나귀이던 네가 어떻게 나무 인형이 됐다는 거냐?"

"바다에 빠졌기 때문이에요. 바다는 가끔 기적을 일으키기도 하니까요."

"또 그런다, 이놈! 놀리지 말라니까. 날 화나게 하면 혼날 줄 알아!"

"주인님, 그러면 제 얘기를 들려 드릴까요? 다리에 묶은 밧줄을 풀어 주시면 얘기해 드릴게요."

　마음씨 좋은 주인은 피노키오
의 이야기가 너무 궁금해서 얼
른 밧줄을 풀어 주었습니다. 그러
자 새처럼 자유로워진 피노키오가 이
야기를 하기 시작했습니다.

　"전 원래부터 이런 나무 인형이었어요. 그리고 많은 아이들처
럼 저도 진짜 어린이가 되려는 참이었지요. 하지만 공부가 하
기 싫어서 나쁜 친구들 말을 듣다가 결국 집을 나오고 말았어
요. 어느 날 잠에서 깨어 보니 기다란 귀와 꼬리가 달린 당나귀
가 되어 있었죠. 얼마나 창피했는지 몰라요! 주인님은 성 안토
니오의 축복으로 그런 일을 겪지 않길! 전 다른 당나귀들과 함
께 시장으로 끌려가 서커스 단장에게 팔렸어요. 그 사람은 저한
테 춤과 굴렁쇠 통과하는 법을 가르쳤어요. 그러던 어느 날, 전
공연을 하다가 넘어져 한쪽 다리를 못 쓰게 됐어요. 그러자 서
커스 단장은 절름발이 당나귀는 아무 쓸모가 없다며 시장에 내
놓았고, 주인님이 절 사신 거예요."

　"그래, 내가 두 냥을 주고 널 샀지. 그런데 그 돈은 누구한테
돌려받아야 하나?"

　"절 사신 이유가 뭐예요? 가죽으로 북을 만들기 위해서였잖

아요! 북 말이에요!"

"그랬지. 그렇지만 이제 어디 가서 다른 당나귀를 구하니?"

"걱정 붙들어 매세요, 주인님! 세상엔 당나귀들이 얼마든지
있으니까요."

"그래, 이 버릇없는 개구쟁이야. 네 이야기는 이제 다 끝난
거냐?"

"아뇨. 조금 남았어요. 주인님은 절 산 다음에 죽이려고 이곳
으로 끌고 오셨죠. 하지만 불쌍한 생각이 들어 제 목에 돌을 매
달아 바다로 던졌지요. 주인님의 고마운 인정, 영원히 잊지 않
겠어요. 하지만 주인님은 제게 요정님이 있다는 생각은 못하
셨던 거예요."

"요정님이라니?"

"우리 엄마예요. 다른 엄마들과 마찬가지로 자식을 사랑하
고, 항상 따스한 눈길로 지켜보며, 어려울 때 힘이 되어 주고,
자식이 어리석고 잘못을 해 벌을 받아야 할 때조차 사랑으로
감싸 주시는 그런 엄마랍니다. 그래서 제가 물에 빠져 위험해
진 걸 알고는 착한 요정님이 물고기 떼를 보내 주신 거예요. 물
고기들은 제가 죽은 당나귀인 줄 알고 뜯어 먹기 시작했어요.
어찌나 게걸스레 먹어 대던지! 물고기가 아이들보다 욕심이
많다는 걸 처음 알았어요. 어떤 놈은 귀를 물어뜯고, 어떤 놈은

주둥이를 먹고, 목덜미와 갈기를 먹고, 발을 먹고, 심지어 다리와 등가죽까지 뜯어 먹는 놈도 있었어요. 그중엔 꼬리를 먹어 버린 고마운 물고기도 있었지요."

피노키오의 말을 듣고 남자가 몸서리치며 말했습니다.

"오늘부터 생선은 두 번 다시 먹지 말아야겠다. 숭어나 대구의 배를 갈랐다가 당나귀 꼬리가 나오기라도 하면 얼마나 끔찍하겠어!"

피노키오가 웃으며 대꾸했습니다.

"정말 그래요. 아무튼 머리부터 발끝까지 제 몸을 덮고 있던 당나귀 가죽이 먹혀 버리고 나자 자연스레 뼈대만 남게 됐지요. 정확히 말해 나무였지만 말이에요. 보다시피 전 아주 단단한 나무로 만들어졌거든요. 물고기들은 나무를 한 번씩 맛보고는 이제 더 이상 먹을 고기가 없다는 걸 알았어요. 그리고 나무는 소화하기 힘들다는 걸 알고는 퉤퉤거리며 고맙다는 인사도 없이 사방으로 흩어져 버렸어요. 주인님이 밧줄을 잡아당겼을 때 죽은 당나귀 대신 살아 있는 꼭두각시가 나온 게 다 그래서예요."

남자가 벌컥 화를 내며 소리를 질렀습니다.

"그만해! 난 널 사느라 두 냥이나 썼어. 그러니 돈을 꼭 받아 내야겠다. 내가 뭘 할지 알아? 널 다시 시장으로 끌고 가 땔감으로 팔아 버릴 거야!"

피노키오가 대꾸했습니다.

"좋을 대로 하세요. 전 상관없어요."

하지만 말을 마친 피노키오는 몸을 훌쩍 날려 바닷속으로 뛰어들었습니다. 그리고 신나게 헤엄치며 불쌍한 주인을 향해 소리쳤습니다.

"안녕히 계세요, 주인님! 혹시 북 만들 가죽이 필요하시면 절 기억해 주세요."

피노키오는 웃으면서 멀리멀리 헤엄을 쳤습니다.

잠시 뒤 피노키오가 다시 돌아보며 더 큰 소리로 외쳤습니다.

"안녕히 계세요, 주인님! 혹시 잘 마른 장작이 필요하시면 절 기억해 주세요."

눈 깜짝할 사이에 피노키오의 모습은 거의 보이지도 않게 되었습니다. 이따금 팔다리를 들어 올리거나 기분 좋은 돌고래처럼 몸을 솟구칠 때면, 바다 위에 검은 점처럼 언뜻언뜻 보일 정도였습니다.

아무 데로나 헤엄을 치던 피노키오의 눈앞에 하얀 대리석 같은 바위가 나타났습니다. 바위 위에는 작고 예쁜 염소 한 마리가 가까이 오라는 듯 "매에" 하고 울고 있었습니다. 하지만 무엇보다 이상한 것은 염소의 털이 보통 염소들처럼 흰색이나 검은색, 아니면 두 색깔이 섞인 색이 아니라 파란색이라는 사실이었습니다. 그것도 착한 요정의 머리를 떠올리게 하는 아주 눈부신 파란색이었습니다.

피노키오의 심장이 콩닥콩닥 뛰기 시작했습니다. 피노키오는 두 배로 힘을 내 하얀 바위 쪽으로 헤엄쳐 갔습니다. 거의 반쯤 갔을 때, 갑자기 물속에서 바다 괴물이 나타나 피노키오에게 달려들었습니다. 무시무시한 얼굴에 쩍 벌린 입은 깊은 동굴 같고 세 줄로 난 이빨은 보는 것만으로도 겁이 날 정도였습니다.

그 바다 괴물이 누군지 알겠지요?

바로 이 책에서 몇 번이나 등장했던 거대한 상어였습니다. 닥치는 대로 죽이고 끝도 없이 먹어 대는 통에 별명도 '물고기와 어부들의 마왕'이었습니다.

불쌍한 피노키오는 괴물을 보자 잔뜩 겁에 질렸습니다. 요리조리 피해 가며 괴물보다 더 빨리 헤엄치려고 발버둥을 쳤습니다. 하지만 어마어마한 입이 화살처럼 빠른 속도로 쫓아왔습니다.

작고 예쁜 염소가 "매에" 하며 소리쳤습니다.

"제발 서둘러, 피노키오!"

피노키오는 젖 먹던 힘을 다해 필사적으로 도망쳤습니다.

"빨리, 피노키오! 괴물이 바로 뒤에 있어!"

피노키오는 그 어느 때보다 빨리, 총알처럼 날쌔게 헤엄을 쳤습니다. 바위에 거의 다다르자 염소가 바다 쪽으로 몸을 기울이더니 피노키오를 향해 앞다리를 내밀었습니다.

하지만 이미 때는 늦었습니다! 피노키오를 뒤쫓던 괴물이 한껏 숨을 들이켜 날달걀을 빨아 마시듯 피노키오를 삼켜 버렸습니다. 어찌나 세차게 빨아들였던지 피노키오는 괴물의 배 속에 떨어져 십오 분이나 정신을 잃었습니다.

정신이 돌아온 뒤에도 자기가 어디에 있는지 알아차리지 못했습니다. 사방이 온통 깜깜했습니다. 너무 어두워 잉크가 가득 든 병에 머리를 박고 있는 기분이었습니다. 귀를 기울여 봤지만 아무 소리도 들리지 않았습니다. 얼굴에 부딪히는 세찬 바람만 간간이 느껴질 뿐이었습니다. 피노키오는 처음엔 그 바람이 어디서 오는지 몰랐다가 곧 괴물의 허파에서 나오는 바람이라는 사실을 깨달았습니다.

피노키오는 용기를 내려고 했습니다. 하지만 감옥에 갇힌 것처럼 상어 몸속에 들어와 있다는 사실이 분명해지자 눈물을 흘리며 외쳤습니다.

"도와주세요! 도와주세요! 아, 불쌍한 내 신세! 누구 도와줄 사람 없나요?"

그러자 어둠 속에서 음정이 맞지 않는 기타 소리처럼 꺽꺽거리는 목소리가 들렸습니다.

"불쌍한 녀석, 누가 널 구해 주겠니?"

등골이 오싹해진 피노키오가 물었습니다.

"누구세요?"

"나야. 너랑 함께 상어 배 속에 들어온 불쌍한 다랑어. 그런데 넌 무슨 물고기니?"

"난 물고기가 아니라 꼭두각시야."

"물고기도 아닌데 여긴 왜 왔어?"

"난 여기 온 게 아니라 상어가 삼킨 거야. 이제부터 이 캄캄한 곳에서 뭘 해야 하지?"

"그냥 포기하고 상어가 우리를 소화시키길 기다리는 수밖에 없어."

"난 소화되고 싶지 않아!"

피노키오가 다시 울음을 터뜨리며 소리쳤습니다.

"누군 소화되고 싶은 줄 아니? 어차피 다랑어로 태어났으니 기름에 튀겨지는 것보단 바다에서 죽는 게 영광스럽다고 생각하며 자위하는 거지."

"말도 안 돼!"

"내 의견이 그렇다는 거야. 비록 다랑어가 하는 말일지라도 남의 의견은 모두 존중되어야 하는 거라고."

"하지만 난 여기서 빠져나가고 싶어. 벗어나고 싶다고."

"벗어날 수 있으면 벗어나 봐!"

"우리를 삼킨 이 상어가 엄청나게 크니?"

"꼬리를 빼고도 일 킬로미터가 훨씬 넘을걸."

어둠 속에서 이야기를 나누던 피노키오는 아주 멀리서 희미하게 반짝이는 불빛을 보았습니다.

"저 멀리 보이는 불빛이 뭘까?"

"우리처럼 재수 없게 상어에게 먹혀 소화되길 기다리는 친구겠지, 뭐."

"확인해 봐야겠어. 여기서 벗어날 방법을 가르쳐 줄 지혜로운 물고기일지도 몰라."

"그랬으면 좋겠구나."

"안녕, 다랑어야."

"안녕, 꼭두각시야. 행운을 빌게."

"다시 만날 수 있을까?"

"누가 알겠니? 하지만 그런 기대는 안 하는 게 좋을 거야."

35.
상어의 몸속에서 피노키오는
누구를 만났을까?

피노키오는 다랑어와 작별 인사를 나눈 뒤, 저 멀리 어렴풋이 반짝이는 불빛을 향해 한 걸음 한 걸음 어둠을 가르며 상어의 몸속을 걷기 시작했습니다.

질퍽질퍽하고 미끈미끈한 웅덩이를 걸어갔습니다. 고인물에서는 생선 튀김 냄새보다 더 고약한 냄새가 났습니다.

앞으로 나아갈수록 불빛도 점점 선명해졌습니다. 피노키오는 걷고 또 걸었습니다.

마침내 불빛이 있는 곳에 도착했습니다.

피노키오는 과연 무엇을 보았을까요? 음식이 차려진 작은 탁자가 하나 있고, 초록 유리병 안에서 양초가 타고 있었습니다. 그리고 눈처럼 새하얀 노인이 앉아 있었습니다. 노인은 물고기를 먹는 중이었는데, 물고기가 어찌나 파닥거리는지 먹는 동안에도 입 밖으로 튀어나오곤 했습니다.

노인을 보자마자 피노키오는 가슴 가득 밀려드는 행복감으로 까무러칠 뻔했습니다. 웃고도 싶고, 울고도 싶고, 하고 싶은 얘기도 산더미처럼 밀려들었습니다. 하지만 피노키오는 우물우물 알아듣기 힘든 말만 웅얼거릴 뿐이었습니다.

마침내 피노키오가 두 팔을 활짝 벌리고 기쁨의 탄성을 지르며 노인의 목을 와락 끌어안았습니다.

"아, 아빠! 아빠! 드디어 아빠를 만났군요! 이제 다시는 아빠랑 헤어지지 않을 거예요! 절대로, 절대로요!"

노인이 두 손으로 눈을 비비며 말했습니다.

"내 눈이 어떻게 됐나? 진짜 내 아들 피노키오란 말이냐?"

"네, 맞아요. 진짜 저예요! 설마 절 잊으신 건 아니겠죠? 아, 사랑하는 아빠, 정말 좋은 우리 아빠! 하지만 제가 한 일을 생각하면⋯⋯. 아, 제가 그동안 어떤 일을 겪었는지, 얼마나 많은 잘못을 저질렀는지 아신다면⋯⋯. 아빠, 아빠가 학교에 가라며 외투를 팔아 책을 사주신 그날, 전 학교를 빼먹고 인형극을 보러 갔어요. 그런데 극단 주인이 양고기를 굽겠다며 절 불구덩이에 집어넣으려 했죠. 하지만 나중엔 아빠한테 갖다주라며 금화 다섯 닢을 주셨어요. 그리고 오는 길에 여우와 고양이를 만나 '빨간 가재 여관'으로 갔어요. 둘은 굶주린 늑대처럼 음식을 마구 먹어 치웠어요. 혼자 남은 전 한밤중에 길을 나섰다가 강도를 만났어요. 도망을 쳤지만 강도들이 계속 따라왔지요. 결국 전 강도에게 붙잡혀 커다란 떡갈나무 가지에 매달리고 말았어요. 그런데 파란 머리의 아름다운 소녀가 마차를 보내 주었어요. 의사들은 절 진찰하더니, '죽지 않았으면 살아 있다는 뜻입니다.' 하고 말했어요. 그런데 제가 거짓말을 하니까 코가 쑥쑥 자라나 방을 나갈 수가 없었

어요. 여우와 고양이를 다시 만난 저는 금화 네 닢을 묻으러 갔어요. 한 닢은 여관에서 써버렸거든요. 앵무새가 절 막 비웃었어요. 그런데 땅을 파 보니 금화 이천 개는커녕 아무것도 없는 거에요. 재판관한테 사정을 얘기했더니 도둑들 편을 들며 절 감옥에 가두었

어요. 감옥을 나온 저는 포도를 따 먹으려다 덫에 걸려 버렸고요. 그러자 농부가 와서는 제 목에 개 목걸이를 채우며 닭장을 지키라고 했어요. 하지만 제가 아무 잘못이 없다는 걸 알고는 풀어 줬지요. 길을 가다 만난 뱀은 꼬리에서 연기가 났는데, 깔깔거리고 웃다가 그만 핏줄이 터져 버렸어요. 그렇게 해서 아름다운 소녀가 사는 집으로 돌아갔는데, 소녀는 이미 죽고 없었지요. 제가 슬프게 울고 있자니 비둘기가 '너희 아빠가 널 찾으러 가려고 작은 배를 만드는 걸 보았어.' 하고 말하는 거예요. 제가 '아, 나도 날개가 있다면 얼마나 좋을까!'라고 말하니까 비둘기가 '아빠한테 가고 싶니?' 하고 물었어요. 저는 '가고 싶냐고? 당연하지! 하지만 누가 날 데려다 주겠니?' 그랬죠. 비둘기가 '내가 널 데려다 줄게.' 하기에, 전 '어떻게?'라고 또 물었어요. 그랬더니 '내 등에 올라타.' 이러는 거예요. 그래서 우리는 밤새도록 날아서 다음 날 아침 바닷가에 도착했어요. 바다를 쳐다보던 어부들이 말했어요. '저 작은 배에 불쌍한 남자가 타고 있는데 곧 가라앉을 것 같아.' 전 멀리서도 아빠란 걸 금방 알아챘어요. 가슴으로 느껴졌거든요. 그래서 아빠한테 돌아오라고 신호를 보냈는데……."

"나도 널 알아보았단다. 나 역시 반가운 마음에 얼른 돌아가려고 했지만 달리 방법이 없었어. 파도가 워낙 높았으니까. 결국 엄청난 파도가 밀려와 배가 뒤집히고 말았지. 그러자 그 근처를 지나던 무시무시한 상어가 물에 빠져 허우적대는 나를 보고는 혀를 쑥 내밀어 파이를 집어삼키듯 날 삼켜 버렸단다."

"여긴 얼마나 갇혀 계셨어요?"

"그날부터 지금까지니까 한 이 년 되었구나. 하지만 이 년이 아니라 꼭 이백 년 같았단다."

"어떻게 지내셨어요? 양초는 어디서 났고요? 불을 켤 성냥은요? 혹시 누가 주던가요?"

"그래, 전부 다 얘기해 주마. 폭풍우에 배가 뒤집어진 그날, 상선 한 척도 함께 침몰했단다. 선원들은 모두 목숨을 건졌지만 배는 바다 밑으로 가라앉고 말았지. 그리고 그날 배가 몹시 고팠던 상어는 나를 삼킨 다음 그 배도 삼켜 버렸단다."

"세상에! 어떻게 그럴 수가 있죠?"

피노키오가 깜짝 놀라며 물었습니다.

"한입에 통째로 삼켜 버렸어. 큰 돛대만 뱉어 냈지. 안 그러면 이빨 사이에 생선 가시처럼 끼어 버리거든. 다행히도 배 안엔 고기 통조림이며 비스킷, 포도주, 건포도, 치즈, 커피, 설탕, 양초, 성냥 따위가 가득 들어 있었어. 그 덕분에 이 년 동안 살

수 있었던 거야. 하지만 그것도 이젠 바닥났어. 창고는 텅 비었고 양초도 이게 마지막이야."

"그럼 앞으로는요?"

"앞으로는 어둠 속에 우리 둘만 남게 되겠지."

"아빠, 그렇다면 이러고 있을 시간이 없어요. 빨리 빠져나갈 방법을 생각해야죠."

"빠져나간다고? 하지만 어떻게?"

"상어 입을 통해 나간 뒤 멀리 헤엄쳐 도망치는 거예요."

"좋은 생각이구나, 피노키오. 하지만 난 헤엄을 못 친단다."

"상관없어요. 제가 수영을 잘하거든요. 제가 아빠를 업고 바닷가까지 안전하게 모셔다 드릴게요."

제페토 할아버지가 씁쓸하게 웃으며 고개를 천천히 가로저었습니다.

"아들아, 소용없는 일이란다. 너처럼 키가 일 미터도 안 되는 꼭두각시가 날 등에 업고 어떻게 수영을 할 수 있겠니?"

"일단 해보세요. 그럼 아시게 될 거예요!"

피노키오가 말 없이 양초를 손에 들고 앞장을 섰습니다. 그러고는 아빠를 위해 길을 비춰 주며 말했습니다.

"절 따라오세요. 겁내지 마시고요!"

두 사람은 상어의 몸통과 위를 지나 한참을 걸어갔습니다.

그리고 드디어 목구멍에 이르자 걸음을 멈추고 주위를 살피며 뛰쳐나갈 기회를 노렸습니다.

상어는 나이가 아주 많은데다 천식과 심장병을 앓고 있어서 입을 크게 벌린 채 잠을 잤습니다. 그래서 피노키오가 상어의 목구멍에서 위를 쳐다보자, 커다랗게 벌린 입 밖으로 하늘을 수놓은 반짝이는 별과 휘영청 밝은 달이 내다보였습니다.

피노키오가 아빠에게 속삭였습니다.

"바로 지금이에요. 상어가 겨울 다람쥐처럼 자고 있어요. 바다는 잔잔하고 밖은 대낮처럼 환해요. 어서요, 아빠. 절 따라오세요. 조금 있으면 우린 자유의 몸이 될 거예요!"

두 사람은 상어의 목구멍을 타고 올라가 어마어마하게 큰 입에 도착한 다음 발끝으로 헛바닥 위를 살금살금 걸었습니다. 상어의 혀는 커다란 정원에 난 길처럼 길고도 넓었습니다. 두 사람이 막 바다로 뛰어들려는 순간, 상어가 요란하게 재채기를 했습니다. 얼마나 심하게 했던지 피노키오와 제페토 할아버지는 상어의 위장으로 다시 곤두박질치고 말았습니다.

그 바람에 촛불마저 꺼져 아빠와 아들은 어둠 속에 갇혀 버렸습니다.

피노키오가 입을 열었습니다.

"이제 어떡하죠?"

"아들아, 이젠 별 수가 없구나!"

"왜 별 수가 없어요? 제 손을 잡아요, 아빠. 미끄러지지 않게 조심하시고요."

"어디 가려고?"

"다시 해봐야죠! 겁내지 말고 절 따라오세요."

피노키오는 아빠의 손을 잡고 발끝으로 살금살금 걸어서 괴물의 목구멍으로 다시 올라갔습니다. 그리고 혓바닥을 지나 세 줄로 난 이빨을 넘었습니다.

피노키오는 바다에 뛰어들기 전에 아빠에게 말했습니다.

"이제 제 등에 업힌 다음 꽉 붙잡으세요. 나머지는 제가 다 알아서 할게요."

제페토 할아버지가 피노키오의 등에 올라타자마자 피노키오는 바다로 뛰어들어 헤엄을 치기 시작했습니다. 바다는 푸딩처럼 부드럽게 일렁였고 달빛은 환하게 빛났습니다. 그리고 상어는 대포를 쏘아도 모를 만큼 깊이 잠들어 있었습니다.

36.

피노키오는
마침내 나무 인형에서 진짜 사람이 된다

육지를 향해 있는 힘껏 헤엄치던 피노키오는 다리를 물에 담근 채 등에 업혀 있는 아버지가 열병에 걸린 사람처럼 심하게 떨고 있다는 것을 눈치챘습니다.

추워서일까요, 아니면 무서워서일까요? 알 수 없는 일이었습니다. 어쩌면 둘 다일지도 몰랐습니다. 하지만 피노키오는 아버지가 무서워서 떤다고 생각하고는 위로하며 말했습니다.

"아빠, 용기를 내세요! 조금 있으면 육지에 닿을 거예요. 그러면 살 수 있어요."

점점 불안해하던 노인은 재봉사들이 바늘에 실을 꿸 때처럼 눈을 가늘게 뜨고 물었습니다.

"육지가 어디 있다는 거냐? 난 아무리 둘러봐도 바다하고 하늘밖에 안 보이는구나."

"하지만 제 눈엔 보여요. 전 고양이처럼 낮보다 밤에 더 잘 보거든요."

그렇게 씩씩한 척했지만 불쌍한 피노키오도 여간 실망스러운 게 아니었습니다. 힘이 점점 빠졌고 숨 쉬는 것조차 힘들었습니다. 거의 쓰러질 지경이었지만 여전히 육지는 까마득히 멀었습니다.

피노키오는 숨이 넘어갈 정도로 헤엄을 쳤습니다. 잠시 뒤 피노키오가 뒤를 돌아보며 말했습니다.

"아빠, 도와주세요. 저…… 죽어요!"

아버지와 아들은 금방이라도 함께 물에 빠져 죽을 것 같았습니다. 그때 어디선가 음이 맞지 않는 기타 소리 같은 목소리가 들려왔습니다.

"누가 죽는다는 거야?"

"나랑 불쌍한 우리 아빠!"

"누구 목소린지 알겠다! 너 피노키오지?"

"맞아. 그런데 넌 누구니?"

"상어 몸속에 같이 갇혀 있던 다랑어야."

"어떻게 탈출했어?"

"너처럼 했지. 네가 방법을 가르쳐 준 거야. 널 따라서 나도
이렇게 도망을 친 거라고."

"다랑어야, 마침 잘 만났구나! 제발 네 새끼들을 보살피듯 우
릴 도와주지 않겠니? 안 그러면 우린 죽고 말 거야."

"물론! 기꺼이 도와줄게. 내 꼬리를 잡아. 내가 끌고 갈 테니.
몇 분 뒤엔 육지에 도착할 거야."

제페토 할아버지와 피노키오는 곧장 다랑어의 말을 따랐습
니다. 하지만 꼬리를 잡는 대신 등에 올라타는 편이 낫다고 생
각하고는 그렇게 했습니다.

피노키오가 물었습니다.

"우리가 너무 무겁니?"

"무겁냐고? 아니, 무겁기는커녕 깃털처럼 가벼워! 조개껍질
두 개를 올려놓은 것 같아."

두 살 먹은 송아지만큼이나 덩치가 큰 다랑어가 대꾸했습니다.

육지에 도착하자 피노키오가 먼저 땅 위로 뛰어내린 다음 아
빠가 내리는 걸 도왔습니다. 그러고는 다랑어를 보며 감격에
거운 목소리로 말했습니다.

"친구야, 네가 우리 아빠를 살렸어! 어떻게 고맙다고 해야 할지 모르겠어. 영원히 감사하다는 뜻으로 너한테 입을 맞춰도 되겠니?"

다랑어가 물 밖으로 입을 내밀자 피노키오가 무릎을 꿇고 다랑어에게 다정하게 입을 맞췄습니다. 진실하고 꾸밈없는 사랑의 표현에 익숙하지 않은 다랑어는 피노키오의 인사에 깊은 감동을 받았습니다. 하지만 아이처럼 우는 모습을 보이는 게 부끄러워 물속에 몸을 담그고 사라져 버렸습니다.

그사이 날이 밝았습니다.

일어설 기운조차 없는 아빠를 부축하며 피노키오가 말했습니다.

"아빠, 제 팔에 기대세요. 달팽이처럼 천천히 걸어가요. 가다가 힘에 부치면 멈춰 쉬고요."

"어디로 가려고?"

"빵과 잠자리를 부탁할 집이나 오두막을 찾아봐야죠."

백 걸음도 채 못 가 두 사람은 길가에 서서 지나가는 사람들에게 구걸을 하는 초라한 거지들을 만났습니다.

273

바로 여우와 고양이였습니다. 하지만 얼마나 많이 변했던지 금방 알아보기가 힘들었습니다. 오랫동안 장님 행세를 하던 고양이는 진짜 장님이 되어 버렸고, 여우는 폭삭 늙은데다 몸 한쪽은 좀이라도 먹은 것처럼 털이 몽땅 빠져 버렸고 꼬리까지 없었습니다. 가난에 허덕이던 못된 여우가 어느 날, 파리채로 쓰고 싶다는 장사꾼의 말에 꼬리를 팔아 버렸던 것입니다.

여우가 흐느끼며 말했습니다.

"아, 피노키오, 불쌍한 두 병자들에게 한 푼만 주렴."

"한 푼만 주렴."

고양이가 따라 말했습니다.

"꺼져, 이 악당들아! 내가 한 번 속지 두 번 속을 줄 알아!"

"믿어 줘, 피노키오! 우린 정말 가난하고 비참하단 말이야."

"비참하단 말이야."

고양이가 또 따라 말했습니다.

"그야 너희 잘못이지. '쉽게 얻은 것은 쉽게 나가는 법이다.' 이 속담을 잊지 마. 그럼, 잘 가라, 이 악당들아!"

"우릴 불쌍하게 봐줘!"

"봐줘!"

"잘 가라, 악당들아! '뿌린 대로 거둔다.' 이 속담도 잘 기억해 두고."

"우릴 버리지 마!"

"버리지 마!"

"안녕! '남의 것을 탐하면 결국 망한다.'는 속담도 잊지 마!"

피노키오와 제페토 할아버지는 조용히 가던 길을 계속 갔습니다. 백 걸음쯤 갔을 때 들판으로 난 오솔길 끝으로 시골집 한 채가 나타났습니다. 짚으로 지붕을 얹고 벽돌과 타일로 만든 작고 예쁜 집이었습니다.

피노키오가 말했습니다.

"저 집에는 틀림없이 누군가 살고 있을 거예요. 가서 문을 두드려 봐요."

두 사람은 집으로 다가가 문을 두드렸습니다.

"누구세요?"

안에서 작은 목소리가 들렸습니다.

"굶주리고, 잘 곳도 없는 불쌍한 아빠와 아들이에요."

"열쇠를 돌리면 문이 열릴 거예요."

피노키오가 열쇠를 돌리자 문이 열렸습니다. 두 사람은 안으로 들어가 주변을 둘러보았습니다. 하지만 아무도 보이지 않았습니다.

놀란 피노키오가 말했습니다.

"집주인은 도대체 어디에 있는 거지?"

"여기 위에 있어."

고개를 들어 천장을 보니 작은 대들보 위에 말하는 귀뚜라미가 앉아 있었습니다.

"아, 사랑하는 귀뚜라미구나!"

피노키오가 공손하게 인사를 했습니다.

"지금 나한테 '사랑하는 귀뚜라미'라고 그랬니? 날 쫓아내려고 나무 망치를 던진 일 기억하니?"

"네 말이 맞아, 귀뚜라미야. 너도 날 쫓아내. 나한테 망치를 던져! 하지만 제발 우리 불쌍한 아빠만은 내쫓지 말아 줘."

"너와 네 아빠 둘 다 가엾게 생각해. 난 다만 네가 저지른 잔인한 행동을 일깨워 주고 싶었을 뿐이야. 될 수 있는 대로 남에게 친절하게 대해야 필요할 때 도움을 받을 수 있다는 사실을 가르쳐 주려고 말이야."

"맞아, 귀뚜라미야. 네 말이 백번 옳아. 그 교훈을 마음에 잘 새겨 둘게. 그나저나 이렇게 멋진 집을 어떻게 구한 거니?"

"눈부시게 파란 털을 가진 염소가 어제 나한테 줬어."

"그 염소는 어떻게 됐는데?"

"몰라."

"언제 다시 돌아올까?"

"다시는 오지 않을 거야. 아주 슬퍼하면서 떠났거든. '매에' 하며 우는 소리가 꼭 '불쌍한 피노키오, 이제 다시는 볼 수 없겠지! 지금쯤이면 상어 밥이 됐을 거야!' 하고 말하는 듯했어."

"정말 그랬어? 그렇다면 요정님이 틀림없어. 내가 사랑하는 요정님이 분명하다고!"

피노키오가 눈물을 펑펑 쏟으며 소리쳤습니다.

이윽고 실컷 울고 난 피노키오는 눈물을 닦은 뒤 아빠를 위해 짚으로 잠자리를 만들어 주었습니다. 그러고는 귀뚜라미에게 물었습니다.

"어딜 가면 불쌍한 우리 아빠에게 드릴 우유를 구할 수 있을까?"

"여기서 밭을 세 개 지나면 잔조라는 농부가 사는데, 그 사람이 소를 몇 마리 키워. 거기 가면 우유를 구할 수 있을지 몰라."

피노키오는 곧장 잔조가 사는 집으로 달려갔습니다. 농부가 물었습니다.

"우유가 얼마나 필요하니?"

"한 컵 가득이요."

"우유 한 컵은 한 푼이란다. 먼저 돈부터 내거라."

"돈이 하나도 없는걸요."

피노키오가 풀 죽은 소리로 대답했습니다.

"안됐구나. 돈이 없으면 우유는 줄 수 없단다."

"할 수 없죠!"

이렇게 말하며 피노키오가 몸을 돌렸습니다.

"잠깐만, 방법이 있을지도 모르겠다. 너, 양수기 돌리는 일 한 번 해보겠니?"

"양수기가 뭔데요?"

"밭에 물을 주려고 저수지에서 물을 끌어올리는 기계야."

"해볼게요."

"그럼 물을 백 양동이 끌어올려주면 우유 한 컵을 주마."

"알겠어요."

잔조는 피노키오를 밭으로 데려가 양수기 돌리는 방법을 가르쳐 주었습니다. 피노키오는 곧바로 일을 시작했습니다. 하지만 백 양동이를 길어 올리기도 전에 머리부터 발끝까지 온몸이 땀으로 흠뻑 젖었습니다. 그렇게 힘든 일은 태어나서 처음이었습니다. 농부가 말했습니다.

"전에는 당나귀가 이 일을 했는데, 그 불쌍한 녀석이 이제 다 죽어 가는구나."

"당나귀를 좀 봐도 될까요?"

"그러렴."

피노키오가 마구간으로 들어서자 짚 위에 누워 있는 불쌍한 당나귀가 눈에 들어왔습니다. 당나귀는 배고픔과 막노동에 지쳐 죽어 가고 있었습니다.

당나귀를 본 피노키오가 떨리는 소리로 중얼거렸습니다.

"내가 아는 당나귀 같아. 얼굴이 눈에 익어."

그래서 가까이 다가가 당나귀 말로 물었습니다.

"네 이름이 뭐니?"

피노키오의 말에 죽어 가던 당나귀가 눈을 뜨고는 당나귀 말로 대답했습니다.

"래…… 램프…… 심지……."

그러고는 눈을 감더니 숨을 거두었습니다.

"아, 불쌍한 램프 심지!"

피노키오가 짚을 집어 뺨에 흐르는 눈물을 닦았습니다.

"네가 손해 볼 게 뭐 있다고 그리 슬퍼하니? 그럼 돈 주고 산 나는 어떡하라고?"

농부가 투덜거렸습니다.

"저 당나귀는…… 제 친구였어요."

"친구?"

"네, 학교 친구요."

"뭐?"

농부가 웃음을 터뜨리며 소리쳤습니다.

"맙소사! 당나귀가 친구였단 말이니? 얼마나 열심히 공부했을지 상상이 가는구나!"

농부의 말에 피노키오는 너무 부끄러워 아무 대꾸도 하지 못했습니다. 그저 우유 한 컵을 받아 들고 집으로 돌아와야 했습니다.

그날부터 다섯 달 동안 피노키오는 매일 아침 동이 트기 전에 일어나 아빠에게 드릴 우유를 얻기 위해 양수기를 돌리러 갔습니다. 그뿐이 아니었습니다. 남는 시간에는 갈대로 바구니를 짜는 법까지 배웠습니다. 그렇게 바구니를 만들어 판 돈은 필요한 물건들을 사는 데 썼습니다. 멋진 수레를 만들어 날씨가 좋은 날이면 아빠를 태우고 신선한 공기도 쐬게 해주었습니다.

저녁에는 읽기와 쓰기를 공부했습니다. 시내에서 표지와 차례가 떨어져 나간 책을 싼 값에 사서 공부하긴 했지만, 피노키오는 그것만으로도 만족스러웠습니다. 펜은 작은 나뭇가지를 깎아 썼고, 잉크와 잉크병도 없어 버찌나 오디 즙을 작은 병에 모아 조금씩 찍어 사용했습니다.

피노키오가 그렇게 머리를 써가며 열심히 생활한 덕에 아버지의 건강은 눈에 띌 정도로 좋아졌습니다. 피노키오는 새 옷을 살 만큼의 돈도 모았습니다.

어느 날 아침 피노키오가 아버지에게 말했습니다.

"오늘은 제 옷과 모자와 신발을 사러 시장에 갈 거예요."

그러고는 싱글거리며 덧붙였습니다.

"돌아올 땐 제가 너무 멋있어서 웬 귀족인가 하실 거예요."

피노키오는 행복하고 뿌듯한 마음으로 길을 달렸습니다. 그런데 갑자기 누군가 피노키오에게 말을 걸었습니다. 돌아보니 울타리 밑에서 예쁜 달팽이 한 마리가 기어 나오고 있었습니다.

달팽이가 물었습니다.

"나 모르겠니?"

"알 것 같기는 한데, 확실히는……."

"파란 머리 요정님 집에서 일하던 달팽이 기억 안 나니? 내가 문을 열어 주러 내려갔을 때 네 발이 문에 박혀 있었잖아?"

그제야 피노키오가 소리쳤습니다.

"기억났어요! 달팽이님, 얼른 말해 주세요. 착한 요정님은 어디 계시죠? 무얼 하며 사시나요? 절 용서하셨나요? 아직도 절 기억할까요? 여전히 절 사랑하실까요? 먼 곳에 계시나요? 요정님을 만나 볼 수 있을까요?"

피노키오는 숨도 쉬지 않고 총알같이 질문들을 퍼부어 댔습니다.

하지만 달팽이는 여느 때처럼 느긋하게 대답했습니다.

"피노키오, 불쌍한 요정님은 지금 병원에 계셔!"

"병원에요?"

"안됐지만 그렇단다. 불행을 너무 많이 겪으셔서 몹시 편찮으셔. 게다가 빵 한 조각 살 돈도 없단다."

"정말이에요? 아, 얼마나 힘드실까! 불쌍한 요정님! 가여운 요정님! 내가 돈이 많다면 요정님께 모두 드릴 텐데. 지금은 가진 게 사십 냥밖에 없어요. 새 옷을 사러 가던 길이었지만 이 돈을 드리겠어요. 어서 요정님께 갖다 드리세요, 달팽이님."

"새 옷은 어떡하고?"

"새 옷이 뭐가 중요해요? 요정님을 도울 수만 있다면 입고 있는 헌 옷이라도 팔고 싶은걸요. 자, 어서 서둘러요, 달팽이님! 이틀 뒤에 다시 오시면 돈을 조금 더 드릴 수 있을 거예요. 이제까지는 아빠를 위해서 일했지만, 지금부터는 착한 엄마를 위해 매일 다섯 시간씩 더 일할 생각이에요. 안녕히 가세요, 달팽이님. 이틀 뒤에 다시 만나요."

그러자 놀랍게도 달팽이는 뜨거운 여름날 발이 뜨거워 종종

거리는 도마뱀처럼 쏜살같이 달려갔습니다.

피노키오가 집으로 돌아오자 아빠가 물었습니다.

"새 옷은 어디 있니?"

"저한테 꼭 맞는 게 없었어요. 괜찮아요. 다음에 사면 돼요."

그날 밤, 피노키오는 평소 열 시까지 하던 일을 열두 시까지 했습니다. 그래서 보통 때 여덟 개를 만들던 바구니를 열여섯 개나 만들었습니다.

그런 다음 피노키오는 잠자리에 들었습니다. 꿈속에서 요정이 다정한 미소를 지으며 나타나 피노키오에게 입을 맞추고는 말했습니다.

"장하구나, 피노키오! 네 갸륵한 마음을 생각하여 지난 잘못은 모두 용서하도록 하마. 부모를 사랑하고, 부모가 병들고 가난할 때 정성껏 돌볼 줄 아는 아이는 칭찬과 사랑을 받을 만하단다. 말 잘 듣고 착한 행동을 하는 모범적인 아이가 아니더라도 말이야. 앞으로 착하게 살렴. 그러면 행복해질 거야."

그렇게 꿈은 끝이 났습니다. 피노키오가 깜짝 놀라며 잠을 깼습니다.

그리고 자신이 더 이상 나무 인형이 아니라 다른 아이들처럼 진짜 어린이로 변한 것을 알고는 까무러칠 듯 놀랐습니다. 피노키오는 집 안을 둘러보았습니다. 짚으로 된 벽은 사라지고,

예쁜 벽지에 소박하지만 우아한 가구들로 멋지게 꾸며진 아늑한 방이 눈에 들어왔습니다. 침대에서 뛰어내린 피노키오는 멋진 새 옷과 새 모자와 그림처럼 근사한 새 부츠를 보았습니다.

피노키오가 새 옷으로 갈아입고 주머니에 손을 넣어 보니 조그만 상아색 지갑이 들어 있었습니다. 위에는 이렇게 적혀 있었습니다.

파란 머리 요정이 피노키오의 착한 마음에 고마움을 전하며,
피노키오에게 사십 냥을 돌려 줍니다.

피노키오가 지갑을 열어 보니, 그 속에는 은화 사십 냥이 아니라 금화 사십 냥이 들어 있었습니다.

피노키오는 거울 앞으로 가 제 모습을 비춰 보았습니다. 마치 다른 사람 같았습니다. 우스꽝스런 나무 인형은 온데간데 없이 사라지고 갈색 머리에 푸른 눈, 생기발랄하고 똘똘하게 생긴 멋진 아이가 기쁨에 가득 찬 얼굴로 자신을 바라보고 있었습니다.

너무 놀라운 일들이 줄줄이 일어나자, 피노키오는 이게 꿈인지 생시인지 분간이 안 될 지경이었습니다.

갑자기 피노키오가 큰 소리로 외쳤습니다.

"아빠, 어디 계세요?"

피노키오가 황급히 옆방으로 들어가 보니 예전처럼 건강하고 활기차며 푸근한 제페토 할아버지가 그곳에 있었습니다. 다시 목수 일을 시작했는지 나뭇잎이며 꽃이며 여러 동물의 머리가 새겨진 나무 액자를 만들고 있었습니다.

피노키오가 아빠를 안고 입을 맞추며 물었습니다.

"아빠, 어떻게 모든 게 순식간에 바뀐 거예요?"

"다 네 덕분이란다."

"무슨 말씀이세요?"

"말썽꾸러기 아이가 착한 아이가 되면 온 집안이 환하고 새롭게 바뀌는 법이거든."

"그럼 옛날 나무 인형 피노키오는 어디에 있어요?"

"저기 있단다."

제페토 할아버지가 의자에 기대어 있는 커다란 나무 인형을 가리켰습니다. 모로 돌아간 머리에 축 늘어진 팔, 구부러진 채 포개져 있는 다리를 보니 서 있는 게 기적 같았습니다.

한동안 나무 인형을 쳐다보던 피노키오가 만족해하며 중얼거렸습니다.

"나무 인형이었을 땐 이렇게 우스꽝스러웠구나! 진짜 아이가 된 지금, 난 얼마나 행복한지 모르겠어!"

지은이 카를로 콜로디

이탈리아를 대표하는 동화 작가로 본명은 카를로 로렌치(Carlo Lorenzini)이다. 이탈리아 피렌체에서 태어나 이탈리아의 독립 전쟁에 참전하였고 정치 잡지 《등불》을 창간하였다. 그 후 이탈리아의 장래를 짊어질 어린이들을 훌륭하게 길러야 한다는 사명감으로 아동 문학을 집필하였다. 1876년 『요정 이야기』로 입문하였고 1881년부터 1883년까지 어린이 잡지인 《어린이 신문》에 〈피노키오의 모험 (Le Aventure di Pinocchio)〉을 연재하였다. 그 후 피노키오는 세계 각국의 언어로 번역되어 지금도 전세계에서 널리 읽히는 명작으로 손꼽히고 있다.

일러스트 천은실

전문 일러스트레이터로 활동하고 있으며 주로 수채화 작업을 한다.

『제일 예쁘고 제일 멋진 일』, 『별』, 『요정 키키』, 『마녀분콩』, 『달님은 밤에 무얼 하나요?』 등 다수의 그림책 일러스트를 작업하였다. 이외에도 'Mr. hopefuless someday', 'Bugs in paper'의 아트상품 및 '2004 . 2008 시월에 눈 내리는 마을 '포스터, '2008 뚜레쥬르 월그래픽' 표지, 사보, 웹 일러스트까지 다양한 분야에서 활동하고 있다.

옮긴이 김양미

교육대학을 졸업하고 수년간 아이들과 함께 배우며 생활했다. 지금은 좋아하는 책을 벗 삼아 외국의 좋은 책들을 소개하고 우리말로 옮기는 작업을 하고 있다. 번역서로는 아름다운 고전 시리즈인 『작은 아씨들』, 『이상한 나라의 앨리스』, 『빨간머리 앤』, 『눈의 여왕』(인디고)이 있고, 『지금 알고 있는 것을 그때의 내가 알았더라면』, 『당신의 남자를 걷어찰 준비를 하라』(글담)가 있다.

피노키오   아름다운 고전 리커버북 시리즈 ⑮

지은이 | 카를로 콜로디   **일러스트** | 천은실   **옮긴이** | 김양미
펴낸이 | 김종길   **펴낸곳** | 글담출판사   **브랜드** | 인디고
출판등록 | 1998년 12월 30일 제2013-000314호
주소 | (04029) 서울특별시 마포구 월드컵로8길 41 (서교동483-9)
홈페이지 | indigostory.co.kr   **전화** | (02)998-7030   **팩스** | (02)998-7924
블로그 | blog.naver.com/geuldam4u   **페이스북** | www.facebook.com/geuldam4u
이메일 | geuldam4u@naver.com   **인스타그램** | geuldam
초판 1쇄 인쇄 | 2022년 9월 20일   **초판 1쇄 발행** | 2022년 9월 28일   **정가** | 13,800원
ISBN 979-11-5935-130-3 03880